花房観音

紫の女《ひと》

実業之日本社

実業之日本社文庫

【目次】

紫の　ゆゑに心をしめたれば　淵に身投げんことや惜しけき

『源氏物語』第二十四帖「胡蝶」より

紫の女《ひと》

夕顔

京都駅中央口の正面にそびえる京都タワーを眺めながら、右手のタクシー乗り場へ向かう。予想はしていたが、長い行列が出来ていた。うんざりしながらも、三好《みよし》明人《あきひと》は、スーツケースを転がしそこに並ぶ。

タクシー乗り場には外国人も多かった。さきほどの東京からの新幹線でも、座席の三分の一は外国人観光客だった。ニュースでよく外国人観光客が増加したと伝えられるが、その通りの光景だ。

京都は三年ぶりだった。最後に来たのは、姪《めい》の結婚式だ。実家は静岡だが、姪が京都で通訳の仕事をしていたので、式は京都の下鴨《しもがも》神社で挙げたのだ。ついでに京都観光をしようと妻が言い出して、娘と息子の家族四人で駅前のホテルに部屋をとり、二泊した。

ただ、あのときは三月だったこともあり、こんなに観光客は多くなかった。今は十一月の初旬で、観光シーズン真っ盛りだし、修学旅行生の姿も駅の構内で見かけた。

明人は東京に住む、四十七歳の会社員だ。会社と言っても、元いた職場の同僚四人で立ち上げたもので、経営者のひとりでもある。エンターテインメント性のある飲食店のプロデュースを全国展開していて、今回は、京都に新しくオープンする予定のレストランの打ち合わせと視察の出張だ。期間は十日間で、会社がウィークリーマンションを手配してくれている。

ただ、仕事の予定は、明日からで、今日は移動のみだ。せっかくだから早めに入り観光でもしようかと、正午に京都着の新幹線に乗った。どこに行くかは、決めていない。とりあえず、宿に荷物を置いてから考えるつもりだった。

長い行列のはずだったが、五分も経《た》たないうちに、タクシーの順番が回ってくる。明人でも名を知る京都の大手のタクシー会社の車が停《と》まり、運転手が現れた。

「お荷物、トランクにお預かりします」

帽子を深くかぶっているので、そう声をかけられるまで、運転手が女だとはわからなかった。しかも、細身で、鈴が軽がるような透明感のある声だ。

「自分でやりますから」

こんな華奢《きゃしゃ》な女に重い荷物を持たせられないと、明人は自分でスーツケースをトランクに入れ、後部座席に乗り込む。ドアが閉まり、タクシーは走り出した。

「堀川今出川《ほりかわいまでがわ》までとりあえず行ってください」

明人がそう告げる。

「承知いたしました。どの道を行くかとか、指定はありますか？」

運転手に聞かれ、「特にないです。早く着く道を」と続けたが、そのあと、ふと疑問に思ったことを問いかける。

「道を指定されるお客さんとか、いるんですか」

「京都は、あちこちに歴史にゆかりの建物があるから、移動しながら観光したいお客さんもいはるんで、そのときは見どころの多い道路を使うんですよ」

イントネーションと、柔らかな口調が、心地《ここち》よかった。「はんなり」というのは、こういう喋《しゃべ》り方のことなのだろうか。

「運転手さんが、案内してくれるんですか。京都は、観光案内できるタクシーの運転手も多いと聞きますけど」

「最近、修学旅行もバスよりグループでタクシー移動することが多くて、案内できる運転手は結構います。会社にもよるんやけど、うちの会社は観光バスも持ってるから、ガイドも運転手も京都・文化観光検定の試験を受けるのを推奨してます」

「それなら、せっかくだから、案内付きでお願いしてもいいかな」

女の声が心地よいので、明人は図々しいとは思いつつも、ついそう口にした。

「そやったら、堀川通行きましょうか。左に見えてるのが、西本願寺《にしほんがんじ》――」

女は運転しながら、浄土真宗《じょうどしんしゅう》本願寺派の本山である西本願寺の歴史、そこにある太鼓楼《たいころう》には昔、新選組《しんせんぐみ》がいたことなども説明してくれた。

「運転手さんも、その、検定は受けたんですか」

「二級を持ってます。一級は難しいて、なかなかやけど、勉強中です。私、もともとバスガイドやったんですよ」

その言葉に、明人は心が弾《はず》んだ。白いシャツでズボンの運転手の制服よりも、この華奢な女は、バスガイドの格好のほうが似合うのは間違いない。後部座席なので、顔ははっきり見えないが、色白の美しい女に思えた。バックミラーに映る目元も涼《すず》しげだ。

「またバスガイドさんが、なんで」

「不景気で、社員旅行が少ないんです。それにツアーも、費用を下げるためにバスガイドを乗せんことが増えました。修学旅行もさっき言った通り、団体でバスで移動するよりも、タクシーや公共機関を使うのが多いです。そやから、バスガイドの仕事が減ったんです。春と秋の観光シーズンは忙しいけど、夏や冬はやって行かれへん。ひとりやったらええんやけど、子どもがおるから、タクシーのほうに回してもらったんです。ただ、今も、バスガイドがどうしても足りひんときは、手伝いには行きます。――右、緑のフェンスがあって、その向こうに高校がありますけど、この裏手が、織田信長《おだのぶなが》が亡くなった本能寺《ほんのうじ》があった場所です。今も本能寺は市役所の近くの寺町御池《てらまちおいけ》にあるんやけど、そこは移転したもので、本能寺の変の現場はこっちです」

女は続けて、二条城《にじょうじょう》などの説明もしてくれる。関ケ原《せきがはら》の合戦のあとに徳川家康《とくがわいえやす》が作らせ、大政奉還《たいせいほうかん》の決議も行われた、などと心地よい声で語り続けてくれる。

もともとバスガイドだったせいか、話が上手《うま》く詳しい。これで運賃だけ払うのは申し訳ない気がした。

宿に着く前に、明人は、「今日はこのあと、観光したいけれど、どこに行くか決めてないんです。もしよかったら、どこかおすすめの場所に連れてってもらえませんか。貸し切り料金払いますから」と、女に頼むと、快く承諾してくれた。

タクシーの後部座席にあるネームプレートには「日野由布子《ひのゆうこ》」とあった。たまたま乗ったタクシーだったが、親切で案内も上手い運転手にあたって幸運だと明人は思った。このまま別れるのは惜しい気がする。

「紅葉は、まだ早いんやけど、少しは色づいとるかも。京都市内やないから、一時間ほどかかってしまうけど、長岡京《ながおかきょう》の光明寺《こうみょうじ》はどうですか」

観光客が少なく、行ったことのない場所がいいと明人が言うと、由布子はそう提案してきた。

「光明寺？　知らないなぁ」

「浄土宗のお寺で、紅葉の名所ではあるんですが、郊外やし、今は山開きしたばっかりで、まだそう人もおらんちゃうかな」

面白そうだと、明人は承諾した。道すがら、由布子が話してくれたところによると、浄土宗の開祖である法然上人《ほうねんしょうにん》が初めて念仏の教えを説いたところで、作家の村《むら》上春樹《かみはるき》の父はここの住職の息子だったらしい。

「映画の撮影にもよく使われてるんです。有名なのでは、黒澤明《くろさわあきら》がベネチア国際映画祭で賞をとった『羅生門』とか」

「羅生門なら見てる。知らなかったな」

明人は由布子の説明に感心した。雑談も交えながら、そのうち車がのどかな光景の郊外を走り、光明寺に着いた。

「中も案内しますね」

由布子がタクシーから降り、受付に向かう。明るいところで、はっきりと正面から顔を見たのは、それが初めてだった。

丸顔で、目も鼻も小づくりの品のある顔立ちだ。年齢はさきほどの雑談の中で三十九歳だと聞いた。タクシーの運転手の制服でなければ、もっと若く見えるのかもしれない。実家で母と一緒に暮らし、小学生の娘を育てているのも話してくれた。

光明寺は、想像していたより大きな寺だった。受付から参道を歩き、御影堂《みえどう》などを拝観する。確かに観光客はちらほらといる程度だった。

「十一月の下旬になったら、観光バスのツアーがたくさん入るから、人だらけです。何年か前に、ＪＲの『そうだ　京都、行こう』のポスターにもなって、知られるようになってしもた」

由布子が、そう言った。

「知らなかったな」

「ポスターは見てはるはずです。東京に行ったら、駅の構内とか、あちこちに貼ってあるんやもん。そやけど、あのポスターは毎年、綺麗《きれい》すぎや。色も鮮やかやし、人混みも写っとらんし。そやから、実際に見て、がっかりされるのかなわんわ」

由布子の言葉に、明人は笑う。

「ここが、紅葉の季節は、ほんま綺麗なんや」

お堂を見た帰りの参道はゆるやかな坂になって、紅葉《もみじ》のアーチが出来ている。まだ先端が少し色づいているだけだが、それでも見事な光景だと、明人はため息を吐《つ》いた。

「今でも十分、見ごたえがあります」

「そう言ってもらえると、嬉《うれ》しいです」

由布子がにっこりと笑い、その笑顔の愛らしさに胸が高鳴る。

思えば、妻と娘以外の女と、こうしてゆっくり時間を過ごして景色を眺めるなんて、いつ以来だろう。

帰りのタクシーの中で、明人は思い切って由布子を食事に誘った。夕方の六時には勤務を終えるから、そのあとならばと、承諾された。

「今日、本当に楽しかったから、御礼をしたいんです」

「仕事で、いつもと同じことをしただけやから、そこは気を使わんといて欲しいんやけど」

そう言われたが、夕食も由布子のすすめる和食の店に予約をとった。「夕顔《ゆうがお》」という名前のその店は、住宅街にあり、小さな看板が出ているだけの古い町家で、最初はわからず通り過ぎてしまった。

「いらっしゃい」

「おいでやす」

黒塗りの扉を開けると、カウンターの中にいる白髪で作務衣《さむえ》の男と、着物姿の女の声がした。

由布子の名字を告げると、細長いカウンターの奥の暖簾《のれん》で仕切られている小部屋に案内された。明人がおしぼりを受け取り手を拭いていると「お待たせして申し訳ありません」と、暖簾をくぐり、由布子が現れた。

小さな白い花がちりばめられている青地のワンピースは、腰のベルトがリボンになってきゅっと締まっており、由布子の胸が思ったよりも豊かであるのがわかった。そして昼間は束ねていた髪の毛が下ろされている。まっすぐで、さらさらと流れる艶《つや》のある髪の毛は、背中まであった。

化粧も直してきたのだろう。塗られた紅は、昼間は薄いオレンジだったが、今は紅《あか》で、色の白さを際立たせている。

「雰囲気が……違いますね。別人みたいだ」

「仕事のときは、着飾ったらあかんもん」

そう言いながら、由布子は明人の向かい側に座り、ふたりはビールを注文した。料理はお任せだと聞いている。

「昔、この近くに住んでたんです。そやから古い馴染《なじ》みの店で、たまに子ども連れても来ます」

由布子はそう言いながら、ビールを飲みほす。その飲みっぷりから見て、かなりいける口だろう。

秋らしい料理が、次々に出てくる。柿と鯖《さば》を使った突出しに、秋刀魚《さんま》、松茸《まつたけ》の茶わん蒸し、京都ならではの東寺《とうじ》ゆばなども。どれもこれも味が繊細で丁寧に作られているのがわかる。明人と由布子は箸をすすめながら、お互いの話をした。

明人は妻とは高校の同級生で、社会人になってから東京で再会して結婚し、子どもがふたりいることも話した。由布子は高校を卒業し、バス会社に就職したが、三十歳のときに妊娠して退職した。出産したが、結婚はしていないという。

「……相手は、バスのお客さんやったんです。遠くに住んで、家庭もある人やって、それは承知でした。ただ、私も若かったから……子どもが出来てしもた。どうしても堕《お》ろす気にはなれんかって、向こうに知らせんまま、産みました」

由布子はそう言って、笑顔を見せた。

明人はこの華奢でときおり儚《はかな》げな表情を見せる女が、ひとりで子どもを産み育てるなどという道を選択したのが意外だった。由布子ほどの女なら、男に甘え安定した生活もできるのに、何故《なぜ》そんな苦難の道をと思ってしまうのだ。

由布子の告白を聞いて、苦労したし、世間の風当たりも強かっただろうなと思うと、同情心が湧き上がってくる。そしてその同情心が、由布子の存在を明人の中で強くした。

「その男は、今はどうしているのですか」

「連絡とってないから、全くわからへん。私が子どもを産んだのも知らないままです。私から、連絡を絶ったんです。実家に帰って、電話番号も変えました。産むのは私が決めたことやから、迷惑かけたなかったし。両親はもちろん怒りも悲しみもしましたけど、私が一度決めたら動かんの知ってるから……父は亡くなりましたが、今は母がようしてくれてます」

由布子の潔《いさぎよ》さに、明人は言葉が出ない。そして、相手の男のことも、どうしても自分と重ねて考えてしまう。

明人も、妻子がいて、別れる気はない。けれど、今まで何度か「遊び」はあった。数年、関係が続いたこともあるし、相手が本気になってしまい、一度揉《も》めたこともある。けれど由布子のものわかりの良さは、相手に都合が良すぎないだろうか。また、自分だとて、全くあずかり知らぬところで、自分の血を引いた子どもが存在する可能性もゼロだとは言えないという想いがよぎる。

　勘定は由布子が強く願うので割り勘にした。店を出て少し歩いたところで、由布子が「これ、ご存じですか。夕顔の碑。『源氏物語《げんじものがたり》』です」と、立ち止まり指さした。由布子に言われなければ気づかず、通り過ぎていただろう。道沿いに「源語傳《げんごでん》説《せつ》　五條邊《ごじょうのあたり》　夕顔之墳《ゆうがおのふん》」と刻まれた石碑がある。

「『源氏物語』の夕顔――どんな話だったかな」

「主人公の光源氏《ひかるげんじ》が、お互い素性を明かさぬまま通ってた女が夕顔です。不幸にも女の霊に憑《つ》かれて急死してしまうんやけど、亡くなってから、その女が友人の頭中将《とうのちゅうじょう》の側室で子どももおることを光源氏は知ります。その子が玉鬘《たまかずら》で、後《のち》に光源氏が引き取って世話をするんです。その夕顔の墓がこの奥にあると言われてます。このあたり、夕顔町という名前で、さっきの店の名前の由来も夕顔です」

　その話は、薄《うっす》ら聞いたことがあったが、詳しくは知らなかった。ただ、夕顔というと『源氏物語』の中でも佳人薄命《かじんはくめい》、悲しい女というイメージがある。

ほどよく酔ったふたりは自然に手をつないで指を絡ませていた。由布子の指は細くて冷たく、それがまた彼女の孤独を物語るようで、胸の鼓動が高鳴る。

「今日は本当に楽しかった。もっと話がしたい」

明人がそうつぶやくと、由布子は返事の代りに、明人の指をぎゅっと強く握った。

「全部見たい」

明人が泊まるウィークリーマンションの部屋に入るなり、ふたりはどちらともなく抱き合い、唇を吸った。由布子の小さな唇は柔らかく、舌は、さきほどの店で最後に出された檸檬《れもん》ゼリーの甘酸っぱい味がした。抱きしめると、やはりその身体《からだ》は壊れてしまいそうなほど華奢で、けれど、明人の胸に当たる由布子の乳房は弾力がある。

明人が由布子の身体を見たいと望むと、「もう、若くないから、恥ずかしいねん……」と躊躇《ためら》いながらも、由布子は自らワンピースを脱ぐ。腕は細く、腰もくびれているのに、乳房はまるで南国の果実のようにほどよく熟れていた。

明人も服を脱ぎ、ショーツ一枚の由布子をゆっくりとベッドに押し倒す。

妻は、もともとはほっそりとした美少女だったのだが、子どもを産んでからだいぶ太って、すっかり貫禄《かんろく》が出てきてしまった。ただ、それはお互い様だ。明人だって、白髪は増えたし、腹も出てきた。妻に不満はないし、子どもたちがいい子に育ったのも妻のおかげだ。

だが、セックスは、もう何年もしていない。結婚してから減り、子どもを作るためだけのセックスになってしまっていた。子どもを産んでからも、最初の頃は、夫婦なんだからとお互い義務感でやってはいたが、ふたり目が出来てからは全くなくなった。

明人は、何度か遊びもした。妻だって、気づいているだろうが、関心がないのか、仕方がないと達観しているのか、何も言わない。

ベッドの上で、由布子の唇、首筋、胸元と順番に唇をあてる。痕《あと》が残らぬようにと加減しながら、吸いもする。乳房も痛々しいほど真っ白に透き通り、血管がわかる。壊さぬように、痛めつけぬようにと、繊細なガラスを扱うように、そっと先端を吸った。

「うぅっ」

由布子はつつましやかに声をあげ、腰を浮かす。明人は身体をずらし、薄いブルーのショーツを剝《は》がし、両脚の間に入り込む。白い肌に不似合な、濃い叢《くさむら》を指でかき分ける。

「あかん……そこ……恥ずかしい」

そう言いながらも腰をくねらせ両手で顔を隠すのが、なんともいじらしい。

「綺麗だ――」

明人は由布子の秘苑《ひえん》にみとれながら顔を近づけ、息を吹きかける。

「あっ――」

由布子の足が浮きかけたが、両手で押さえて身動きがとれなくした。由布子のその部分は、顔と同じく小づくりで、楚々《そそ》としていた。左右の襞《ひだ》は小さくて色も薄い。先端にある小さな粒は表皮の中から少しだけ顔を出していた。かき分けた襞の奥には、白い液体が今にも溢《あふ》れそうになっている。明人は、その白い液体を拭いとるように舌を伸ばし、侵入させていく。

「あかん――」

由布子の身体が痙攣《けいれん》した。明人は由布子の太ももを押さえたまま、舌を下から上へとまんべんなく縦に動かす。そうしてときおり、舌の先で小さな粒の先端をつついた。

「あ――」

由布子が身体を悶《もだ》えさせる。感じやすい身体だと思った。こういう行為が久しぶりだからか、あるいはもともと好きな女なのか。

「私も、させて。明人さん、下になって」

由布子がか細い声で、そう口にした。その通りに、仰向《あおむ》けになると、由布子は自ら明人の顔を跨《また》ぎ尻を掲《かか》げ、手で明人の性器の根元を支えながら、先端を口にする。

柔らかく小さな唇が、自分の男の肉を咥《くわ》え込むのを感じながら、明人は「お尻を落として」と、言った。

由布子の排泄《はいせつ》の穴は、その顔や性器と同じく、小さく秘めやかな菊の花のようだった。

明人は両手で、由布子の尻を抱き、自分の顔に引き寄せる。小さく白く、引き締まった尻だ。

由布子は左手で肉の棒の根元を押さえながら、じゅぽじゅぽと音を立て唾液を溢れさせ、明人のものを口の中で出し入れする。単調な動きだが、それが心地いい。上手い女は、ここで緩急を巧みにつけるのだが、由布子にそんな技巧は期待していなかった。

今日、初めて会ったはずなのに、こうして性器を剝《む》き出しにして舐《な》め合っているなんて、おかしな話だ。一日一緒に過ごしたが、自分は由布子という女をよく知らないし、彼女のほうだってそうだろう。

それでも、こうして肌を合わせている。抵抗なく、自分でも驚くほどスムーズに由布子を誘えたのは、旅先のせいだろうか。妻子ある身なので、いつもならもっと慎重になるのに。

旅の恥はかき捨てという言葉は由布子には悪いが、旅先だから遊べるという気持ちは確かにあった。

「ああ……もう……たまらん」

ひたすらに明人が口で由布子の性器を舐め続けると、音をあげたように、由布子が肉棒から口を離し、そう口にした。

挿《い》れて欲しい——言葉に出さずとも、明人の目の前の由布子の襞の奥は潤《うるお》い、そう訴えている。そんな由布子がいじらしくて、明人は身体を起こし、由布子を横たわらせ、くぃっと両脚を大きく広げさせる。

仰向けになった由布子は、首筋と耳が真っ赤に染まっている。陶酔《とうすい》したかのような表情は、化粧が汗で流れてしまったせいか、思いのほか幼く、子どものようだ。行きずりの間柄ではあるが、愛《いと》おしいという気持ちは確かにあった。

明人は自分の肉の棒に手を添えて、身体ごと押し込むように由布子の中に入っていく。

「あ――」

そう言って、由布子は身体をのけぞらした。明人が覆いかぶさるように身体を伏せると、由布子の細い両手が伸びてきて明人の身体を引き寄せる。

本当に感じてくれている――確信はあった。こうして自ら男の身体を近づけようとする女は、喜んでいるのだ。そうではない女は、こういうときに、もっと両手を遊ばせている。

由布子に応えるように、明人は唇を吸い、舌を絡ませながら、腰を小刻みに動かす。背中に由布子が爪を立てた感触があった。

「ピル、呑《の》んでるから――」

由布子が小声で明人の耳元で、そう囁《ささや》いた。中で出してもいいと解釈していいのだろうか。

由布子の華奢な身体を包み込むように自らも引き寄せる。唇と性器を合わせ、身体の隙間が埋まると、幸福感がこみあげてくる。

セックスなんて、誰とでもできる。風俗にもたまに遊びに行くから、それはよく知っている。けれど、こうして繋《つな》がり合ったときに幸福を感じるのは、誰とでもとはいかない。それが得られる相手とは、相性がいいのだろうか。それとも、愛と呼んでもいいものが存在するのか。

「気持ちいい?」

「うん……すごくいい」

明人の問いに、由布子が答える。明人は由布子の背中に手をまわしたまま、身体を起こす。ふたりは繋がったまま向き合う形になる。

「こうすると、抱き合える」

そう言って、明人が由布子の身体を強く引き寄せると、由布子も明人の背中にまわした手の平に力を籠めるのがわかる。ふたりはそのまま唇をよせ、ゆらゆらとベッドの上で揺れた。

「……これ、すごくいい」

由布子がそう口にする。

「俺も、由布子の身体を全部感じられる」

「嬉しい」

そう言って、お互いの力を強め、口づけを繰り返す。

由布子を愛おしいと思うほどに、明人は自分の股間のものが、いつになく力をみなぎらせているのがわかった。セックスは、久しぶりだった。一年前に、短い間つきあった人妻と別れて、そのあと出張の際に風俗には行ったが、それはセックスに入らない。だから、だろうか。ここ数年、年齢のせいで硬くなりにくくなったはずの肉の棒が張っている。

「由布子――」

明人はそう言って、再び彼女を押し倒す。

「もう、我慢できない」

由布子に覆いかぶさり、その身体を包み込んだまま、腰を動かす。

「……ごめん、早いけど……出てしまいそうだ」

「――中に出して――」

由布子のその言葉と共に、自分の肉の棒を挟む女の粘膜の力が強まったような気がした。まるで絞り出そうとするかのように、締めつけてくる。

明人は咆哮《ほうこう》をあげ、由布子の体内に、欲望の液体を思い切り放出した。

「こっちにはいつまでおるん?」

まどろむ隙も与えず、由布子は「家に帰らな。子どもはもう寝てるかもしれんけど、母親がうるさいねん」と、シャワーを浴びて、ワンピースを身に着ける。

「十日間。だから、また、連絡していいか」

「ええで。私のほうから、するかも」

由布子はそう言って、髪の毛を洗面所で整え、口紅だけを塗り直し、部屋を出て行った。

明人は裸のまま、ベッドに横たわる。自分もシャワーを浴びないといけないのだが、どうも由布子の身体の匂いをすぐには消したくなかった。目を瞑《つむ》って余韻にひたる。あの柔らかな身体が、自分の手の中にすっぽり収まる感覚が、離れない。

鞄《かばん》の中に入れたままのスマホを取り出すと、メールが二件来ていた。一件は娘から、「パパ、帰りにはお土産《みやげ》忘れないでね。よーじやのあぶらとり紙！」という内容で、もう一軒は共同経営する会社の責任者で長年の友人でもある加藤《かとう》からのものだった。

加藤のメールはシンプルで、明日、明後日のスケジュールの確認だ。そして最後に、「俺も、そっちに行くかも。一件、訪ねたいクライアントがあるので、先方の連絡待ちだ。そのとき、よかったら飯食おう。京都の美味《うま》いもん食いたい」と、あった。

加藤は食べるのが好きで、美味い物に目がない。出張に行けば、必ずその地方の美味い店を探していく。出会った頃は、細身で引き締まった身体だったのに、仕事が忙しいせいか、この数年、見事に中年太りしていた。

加藤は学生結婚で、当時、ミスキャンパスに選ばれて、アイドルのような存在だった彼の妻に熱烈に愛を告白し、つきあって三ケ月後には婚姻届を出した。今では三人の子供に恵まれ、昔の仲間が集まると話題になるほど、妻とも仲がいい。

明人も、もちろん加藤の妻を知っている。加藤とは対照的で、昔と変わらずほっそりし、美貌を保っている。専業主婦だが、習い事が好きで、「俺の稼ぎは、あいつの自分磨きに飛んでいく」と加藤がいつも冗談交じりに口にする。

もし加藤が来たなら、今日、由布子に連れていってもらった店にまた行くのもいいなと考えながら、明人は目を閉じた。久々の射精のせいか、疲れと眠気が押し寄せてきた。

「お疲れ様。どうだ、久々の京都は」

京都駅に直結しているホテルのロビーで、加藤は明人にそう声をかける。明人の京都出張は、五日目でちょうど半分だ。あれから由布子とは、もう一度会った。あの夜のように、由布子が明人の宿に来て、交わった。

二度目で、お互い勝手がわかり遠慮がなくなったせいか、由布子は隣の部屋に聞こえるのではないかと気になるほどの淫らな声をあげ続けた。

「おかげさまで、仕事とはいえ楽しませてもらってるよ。最初の日は、タクシーで観光もした」

「そうか、よかった。俺は父親の実家が滋賀県の大津《おおつ》だから、昔から京都には馴染みがあるんだ。京都駅と大津駅は、ＪＲだと二駅だからすぐなんだよ」

「そんな近いのか、知らなかった」

話をしながら、ふたりはタクシー乗り場に向かう。加藤は一泊だけして、明日は東京に戻る予定だった。

「タクシーの運転手がいい人で、観光案内もしてくれたし、美味い店も紹介してくれた。今からその店に行こう」

「へぇ。観光って、どこ行ったんだ」

「少し離れているし、京都市内じゃないけど、光明寺って寺だ」

明人は、タクシーの運転手が女であること、彼女と共に食事をした話は省《はぶ》いた。なんとなくだが、勘繰られるのが面倒だと思ったのだ。

「長岡京の光明寺か。昔、何度か行ったな。最近は、知られるようになって人も増えたけど、以前は本当に穴場で紅葉が綺麗だった。でも、まだ、今は早いだろ」

「早いけど、だからこそよかったよ。紅葉も先端だけが赤くなってた。山開きしたところらしい。人の少ないところでゆっくりしたかったから、いいんだよ」

「そうだな、この数年で、京都は観光客が増えすぎた。祇園《ぎおん》のほうに行っても、人だらけで風情なんてどこにもなくて残念だ」

ふたりはそう言って、タクシーに乗り込み、明人は「夕顔」の住所を運転手に告げる。

「先斗町《ぽんとちょう》でも、祇園でもなく、住宅地のほうなんだな」

「町家なんだけど、小さな看板が出てるだけで、一見、普通の民家みたいだ」

十分ほどで、タクシーは「夕顔」の前に着き、予約をしておいたからと、ふたりは扉を開けて中に入る。案内されたのは、四日前に明人が由布子と食事をした、暖簾に仕切られた奥の半個室だった。

ふたりはビールを頼み、お任せコースを注文する。

「よさげな店だな」

「味もいい」

明人が加藤のグラスにビールを注《つ》ぐ。運ばれてきた料理を、加藤は「美味い」と、口にしながら、平らげる。

「このあと、ラーメン食べる予定だから、ほどほどにするつもりが、美味いから止まらないな」

「ラーメンには俺はつきあえないぞ。もうこの年齢になると、胃がもたれる」

「わかってるよ。でも、京都のラーメンは美味いから、せっかく来たなら食べておきたい。天下一品の総本店は遠いから、京都駅近くの新福菜館《しんぷくさいかん》だな。ここは炒飯《チャーハン》も美味いので、ついついセットで頼んでしまう。また腹が出てきたから、佳子《よしこ》に怒られるけど。食べるしか楽しみがないんだから許して欲しいんだ」

明人は、加藤の妻の佳子の顔を思い浮かべて、噴き出しかけた。

「浮気もせず、ひたすら仕事して、家族に十分な暮らしをさせてる夫なんだから、食べることぐらいは好きにしたい」

加藤はそう言いながら、松茸の茶わん蒸しを木のスプーンですくって口にしている。

「一度もないのか、浮気。学生時代から、佳子ちゃんひと筋か」

明人は軽く、そう口にした。

「……いや、あるよ。一度だけ、な」

加藤はビールのあとに頼んだ日本酒がまわってきたのか、顔は赤くなっている。

「正直、普段は忘れてる。けど、京都に来たら、思い出してしまった。しかも……この近くだった気がする」

普段見せることのない、しんみりした表情で、加藤が話し続ける。

「お前だから言うんだよ。絶対に、人には言うな。ましてや、佳子には内緒だ」

「わかってるよ」

「この話を、つい人にしたくなるなんて、やっぱり京都という場所は俺にとって特別なんだ」

加藤はそう言って、大きく息を吐いた。

「――十年前になるか。俺は親父《おやじ》の見舞いに大津の実家に行った帰りに、せっかくだしひとりで京都で遊んで帰ろうかと思ってホテルをとった。なんとなく、きちんと観光してあちこち行きたいなと思って、定期観光バスを予約したんだ。バスガイドに案内されるなんて修学旅行以来で、楽しかった。また、そのガイドさんの案内が上手くて、可愛《かわい》いくて――俺、実は初恋の相手って、小学校の修学旅行のバスガイドなんだよ。もちろん、そのときはいいなと思っただけだが、そのあと何度か手紙のやり取りして、勝手にのぼせ上がってた。そのことを思い出して——ダメ元で、彼女を夕食に誘ったら、ＯＫが出た」

加藤はまた日本酒を注文して、口をつけつつ話を続ける。

明人は黙って聞いていた。

「食事をして……仲良くなった。俺が、その初恋のバスガイドの話をしたら、『そういうこと、よくあります。手紙をもらったり、告白されたり』とか言って、いろんな話を聞かせてくれた。俺もあの頃は、こんな太ったおっさんじゃなかったから、自分に自信もあったんだよな。ちょうど、佳子が三人目を妊娠して、夫婦の営みがなかったのもある。でも、東京だと、きっとそんな気分にならない。やっぱり京都だと、タガが緩むんだ。いや、それは言い訳か」

加藤は独り言のように話を淡々と続ける。

「俺は少々強引に、酒の勢いもあって、ひとり暮らしの彼女の部屋に上がり込んだ。結婚していることは先に告げてたから、彼女も躊躇いは見せてたが……。正直、妻とのセックスでは得られない、刹那《せつな》的なよさがあった。彼女の電話番号も聞いて、また次に京都に来たときに会おうと約束もしたんだが……」

そこで、加藤は大きく息を吸って、呼吸を整えた。

「半年後に京都に行く用事ができて電話したら、繋がらなかった。どうも気になって、彼女の住んでいたアパートにも足を運んだ。このすぐ、近くだ。彼女は引っ越して、部屋は空き家になっていた。偶然、隣に住んでいた人が外にいたので、彼女の行方《ゆくえ》を聞くと、『急な引っ越しで、実家に戻ると言っていた。仕事も辞めたらしい』と、言われた。彼女の実家の連絡先は知らないし、携帯電話の番号も変えられたのなら、しょうがない。とはいえ、ずっと気になってる。華奢で、儚げで、ときどき少女のようで……男なら守ってやりたくなるような女だ。彼女の勤めていたバス会社に問い合わせするのも考えたが、そこまでしたらストーカーになってしまう。何より、彼女が俺と連絡を絶ちたいのなら、その意志を尊重するしかない。だって俺は家庭を捨てられない、責任は持てない」

加藤の目が少し潤んでいるように見えた。

「じゃあ、その一度だけなのか」

明人は聞いた。

「そうだ。だけど、ずっと彼女のことは心にある。一夜だけとはいえ、抱き合っている瞬間は、本気で求めて、愛していた。だから俺にとって、京都は特別な場所なんだ。お前が行った光明寺——あそこも彼女のガイドで行ったよ。秋の紅葉シーズンだったからな」

「その彼女の名前は——」

「由布子。当時、二十九歳だったから、もういい年だろうな。結婚して、誰かと幸せになってくれてたらいいんだが」

明人はさきほどから自分の頭の中でまわっている言葉を全てのみ込んで、無言で加藤のお猪口《ちょこ》に、酒を注ぐ。

由布子——どう考えても、同じ女だ。そして、由布子の育てている娘は九歳だと言っていたから、辻褄《つじつま》も合う。由布子は加藤の子を妊娠し、加藤には告げず、育てているのだ。加藤は、自分の娘がもうひとり存在することを、知らないでいる——。

明人は動揺を見せないようにするのに必死だった。

もし、自分がその立場だったらと考えずにはいられない。血の繋がった子どもの存在を知らずに、安穏《あんのん》として暮らしている——それがひどく、愚《おろ》かな気がした。

ひとりで子どもを産み、バスガイドの仕事が減ったからとタクシーの運転手に転職し、子どもを育て続ける由布子——あの華奢な身体と、ときおり見せる少女のような幼い表情を思い浮かべると、健気《けなげ》ながらも、痛々しさを感じていた。由布子に惹《ひ》かれたのは同情心があるのも自覚している。けれど、まさか、由布子がそんな人生を歩む原因の男が、自分の友人だなんて――。

明人は、全て告白したい衝動にかられた。

俺はその女を知っている。その女はお前の子どもを産み、必死に働いて育てている。

そして自分はその女を抱いた――とも。

「今日の話は忘れてくれ。俺も二度と口にしない。向こうだって、もうこんな太ったおっさんになった俺のことなんて、忘れたほうが幸せだ。さ、そろそろラーメン食いにいくから、お開きだ」

加藤がそう言って鞄から財布を取り出すので、明人も我に返った。

「明日からも、頼むな」

店から烏丸通《からすまどおり》まで歩き、そこからは方向が逆なので、それぞれタクシーを拾うために別れた。

明人はふと振り向いて、タクシーに乗り込む加藤の後ろ姿を見た。

あの背中にも、由布子は細い腕で、強く引き寄せてしがみついたのだろうか――。

加藤と飲んだ翌々日に、由布子のほうから連絡があった。明人は由布子に会いたくはあったが、加藤の話を聞いて、どう接したらいいかわからぬまま、想いを巡らせていた。しかし、やはり由布子の声を聞くと、抱きしめた感触が蘇《よみがえ》る。

先のことなんて、知らない。考えていない。ただ、この街にいる間だけでも、由布子という女ともう一度会いたい。このまま帰るのは、心残りが出来てしまいそうだった。

明人が「この前と同じ店で食事しよう」と言って、「夕顔」で待ち合わせることに決めた。

「夕顔」はお任せコースでも、季節のものを日替わりで作ってくれるので、飽きることはないのだ。

「もうちょっとやね。京都におるの」

「そうだな。長いようで、あっという間だった」

そう答えながら、明人は京都で過ごしたこの数日は現実味がないと考えていた。京都という街は景観条例があるので、東京のように高層ビルがなく、どこからでも山が見え、空が広い。古い建物も多く、まるで映画のセットのようだ。着物を着た人間が、当たり前のようにたくさん歩いているのも、京都ならではだろう。

そうだ、現実味がないのだ。目の前にいる由布子との逢瀬《おうせ》も。儚げな風情ながら、健気に働くシングルマザー、けれど、裸になると自分の腕の中で淫らな声をあげる女――。

東京に戻ると日常が待っている。長年連れ添った妻と子どもたち。当たり前のように自分はそこに戻る。けれど、由布子は、ひとりでまた京都で生きていく。

明人は箸を動かしてはいたが、食欲はなかった。由布子の生き方が寂しいように思えたし、由布子を通りすがりの風景のように抱いて家庭に戻る加藤や自分が、ひどい男のように思えて罪悪感が芽生えた。

食事を終えたふたりは店を出ると、自然に手をつなぎ、明人の宿にタクシーを向かわせる。

三度目の逢瀬だが、これで最後かもしれないし、そうじゃないかもしれない。

部屋に入ると、由布子のほうから唇を合わせてきた。服を脱がし、裸で抱き合い、ベッドにそのまま倒れ込む。

「見たいから」

明人はそう言って、由布子の両脚を開いた。由布子は恥ずかしそうに身体をねじらせながらも応じてくれる。

由布子の楚々とした秘苑を、じっと眺めた。由布子も加藤も知らない秘密を、自分は知ってしまった。それを由布子にも加藤にも告げるべきか、ずっと悩んでいる。目の前の秘めやかな性器を、加藤も口にしたのだろうか——明人は葛藤《かっとう》しながらも、愛おしさのあまり、その部分に口をつける。

「やっ」

由布子が腰を浮かす。可愛らしい声だと、改めて思う。子どもを産んで母となった今でも、こんなに可憐《かれん》で儚げな女なのだから、若い頃はさぞかし男を魅了しただろう。そうして加藤は由布子に惹かれて抱かずにはいられなかったのだ。

十分にその部分を潤して、指で開いたり、中に入れたりと遊んでみる。目に焼き付けておきたいと思っていた。

「——あかん……なんや、今日は、いつもより欲しぃてたまらん……来て……」

まだ早いような気がしたが、由布子がそう望むので、明人は由布子の上に覆いかぶさる。今日は手を添えなくても、肉の棒がずぶりと侵入し、由布子はその瞬間

「あっ！」と、大きな声を立てる。

「由布子、可愛いよ」

明人は腰をゆっくり動かしながら、両手で由布子の身体を抱きしめながら唇を吸う。

どこもかしこも、繋がっている――これで終わりにできるはずがない――そう思いながら、由布子の身体を全身で味わっていた。

最高の女だ――それは間違いない。けれど、無になれない自分がいた。どうしても、加藤の存在がちらついてしまう。

「うしろから――」

明人は一旦、肉の棒を抜き、由布子をうつ伏せにさせ、腰をあげさせる。

「恥ずかしい……」

部屋の灯《あか》りの中で、由布子の白い双臀《そうでん》と、その狭間《はざま》の谷の小さな花がはっきりと明人の目の前にその姿をさらす。そう大きな尻ではないのだが、腰が細いので、張りがあるのだ。

明人は由布子の腰を摑《つか》みながら、ずぶりと肉の棒を突きさした。

「ぁあ――っ！」

由布子がのけ反り叫んだあと、顔を伏せ、両手でシーツを摑む。この体位は、女の顔は見えないが、深くさし込めて、奥に届く。

明人が腰を動かす度に、じゅぶじゅぶと水の溢れる音がした。

「あかん――こんなん気持ちよすぎる――」

由布子の声が、涙声になっていた。

「俺の、いい？」

明人は、思わず、そう問いかけた。

「いい――すごくいい」

由布子は答える。

加藤よりいいか――そう聞きたくなる衝動を、明人は必死で抑えた。

後ろから突きさしてはいたが、やはり最後は由布子の顔を見ていたい。ふたりはもとの体勢、由布子が下になり挿入したまま、明人が由布子にかぶさる形になる。

「気持ちいい？」

「いい……」

「由布子に会えてよかった。感謝してる。まさかこんないい女と過ごせるなんて」

「私も……よかった」

好きだ――と口にしたい衝動を抑える。胸の内は複雑なままだが、こうして繋がっている間は、世界には自分と由布子のふたりだけしかいないのだ。だから目の前の女を必死に愛すればいい――。

首筋と耳を真っ赤に染めて、目を潤ませながら小さな唇から赤い舌をのぞかせて声をあげる由布子を明人は強く抱きしめる。

全部、注ぎこみたい――。

明人は由布子を抱きしめたまま、腰の動きを速める。力を振り絞り、今、この瞬間の愛おしいという気持ちの全てを伝えたいと願いながら。

身体の奥から、せり上がってくるものがある。由布子の中で、いきたい。離れたくない。

「ごめん、もう、俺、出そうだ――」

「いいの――来て、私も――」

由布子のか細い声が耳に冷たい水のようにすっと入ってくると、明人はもう我慢できずに、身体の奥からこみあげてくる衝動に従い、激しく腰を動かし由布子の粘膜に肉の棒をこすりつける。

「イく――うぅっ」

明人はのけ反り、身体を痙攣させながら、由布子の中に躊躇いなく放出した。

「帰らな」

果てたあとも、いつまでも肌にふれていたかったが、息を整えた由布子は時計を見て、そうつぶやいた。

もう、明人は京都から離れる。次の約束をするべきか迷っていたが、やはりこれで終わりにはしたくない気持ちが勝る。

「由布子さんのおかげで、楽しかった」

「そう言ってもらえると、嬉しいわ」

由布子は、ワンピースを身に着けながら、そう答えた。

「いろいろ大変だと思うし、由布子さんの力になりたい。だから、また、京都に来る」

明人が言葉を続ける。

「女ひとりでお子さん育てて、由布子さんは本当に偉いよ。俺は、家庭があるから……ずっとそばにいてあげることはできないけど――」

「勘違いせんといてや」

口紅を塗り終わった由布子が、静かだが強い声で、そう言った。

「由布子さん」

「私は自分で好きこのんで、あなたと寝たんや。東京の、妻子おる人やと、承知でな。最初から何も期待なんかしてへんで」

由布子は笑顔ではいたが、瞳の中には冷めた光を宿していた。

「それから、私が子どもを産んだのは、欲しかったからや。子どもの父親である男に告げへんかったのも、一緒になる気も世話になる気も最初からなかったからや。後悔もしてへんし、未練もない。もう、正直、名前も顔も忘れかけてる。結婚しぃひんのも、働いているのも、私が好きで選んだ人生や。そやけど……勝手に悲劇のヒロインにされて、同情されたりしてしまうんやなぁ……いつものことやけど」

由布子はバッグを手に持ち、玄関に向かう。明人は裸のまま、慌ててベッドから出る。

「男は私にとって、雨宿りの軒先みたいなもんや。必要なときに借りるけど、雨が止《や》んだら、もういらん」

明人は、言葉が出ない。引き留めるべきか――いや、同情なんてしていないと反論するべきかと思ったが、由布子の言葉を否定できないでいた。

華奢な身体と儚げな雰囲気の美しい女。妻子ある男の子どもを、何も告げずひとりで育て続ける女――確かに勝手に、自分は由布子に幻想を抱いていたのかもしれないと、初めて気づいた。

加藤の顔が脳裏に浮かんだ。かつて抱いた女が、自分の子どもを産み育てていると知らぬ加藤に対しても同情じみた感情を持っていたが、それも余計なお世話なのだ。

由布子は、自分が選択した自分の人生を歩んでいる——そこに他者が介入することなど、できるはずがない。最初から由布子は、加藤も明人のことも必要としてなどいないのだ。

男は私にとって、雨宿りの軒先みたいなもん——たとえ強がりだとしても、そんなことを口にする女に、手を差し伸べる術《すべ》はない。

「元気でな。また、京都駅のタクシー乗り場で会ったら、その時も綺麗な場所、案内してあげるで」

由布子はそう告げて、言葉とは裏腹に、心残りなどないと言わんばかりに、扉を開いて出ていく。

明人は、由布子が自分の身体に残した匂いを吸いこみながら、裸のまま、その場に立ちつくしていた。

若菜

若い女が好きだと言う男を昔から軽蔑《けいべつ》していた。若さや幼さに価値を抱く男というのは、自身が未成熟であるからだと思っていた。男も女も成熟した大人でないと、魅力はないと。しかしほとんどの男たちは、若くて美しい女を賞賛し、手に入れた男を羨《うらや》む。

「部長、今日はもうお帰りになるんですね。やっぱり若い奥さんをもらわれると、家が恋しくなるもんですかね」

春日信一《かすがしんいち》は、会社のロビーで部下にそう声をかけられて、苦笑した。

「そういうわけでもないよ」

「またまた！　皆、部長を羨ましがってるんですよ！　照れ隠しですね！」

調子のいいヤツだなと呆《あき》れながら、春日は「じゃあな」とだけ挨拶《あいさつ》して外に出た。早いと言われても、十九時だ。九月の京都はまだまだうんざりするほどの湿度を伴う暑さで、ビルの外に出た瞬間に汗が滲《にじ》む。自宅は堀川今出川《ほりかわいまでがわ》の近くだが、今から阪急電車に乗り、烏丸《からすま》駅から大宮《おおみや》駅へ、自宅とは別方向に向かうつもりだ。大宮駅から十分ほど歩いたところに隠れ家風の個室の料理屋がある。そこで女と待ち合わせていた。女は四十代半《なか》ばの人妻だ。春日の結婚で一時期関係は途絶えていたが、二ケ月前に復活して、食事を楽しんだあとホテルに行く仲になった。

スマートフォンを手にするが、妻からのメールも電話もない。もともと、まめではないし、メールの返事も億劫《おっくう》がるのは承知していたが、何の疑いも抱かないのだろうか。おっとりした、「お嬢さん」の妻は。世間知らずもいいところで、気が利《き》かないし、自分からは何も動かない。ただ取り柄といえば、従順で、反抗しないことだけだ。けれど、それもつまらない。会話をしても、何か面白いことを言うでもなく、全てが受け身だ。

さきほどの部下の言葉ではないが、四十代後半になる春日が、社長の娘である二十七歳の三香子《みかこ》と結婚したときは、部長職への昇進と共に、会う人ごとに羨ましがられた。もしも妻の容姿が美しくなければ、「出世目当て」だと陰口もたたかれただろうが、華奢《きゃしゃ》な身体と、幼い顔立ちの品のある美人だったから、ひたすら羨望の声だけを浴びた。

春日自身も最初は得意げだった。社長から娘と会って欲しいと言われたときは、そんなに若い女とは合わないと困惑したが、愛らしい容姿と、育ちの良さからくる清廉さに興味を惹《ひ》かれた。自分も散々、遊んできたが、ここらで落ち着くのも悪くないかなとも考えていた。そうしているうちにあれよあれよと結婚が決まり、式を挙げたのが七ケ月前だ。

三香子は処女ではなかったが、ほとんど経験はなさそうだった。性格だけではなく、性的にも未成熟だというのは初めて抱いた日にわかったが、これから自分が育てあげていけばいいと思っていたし、それが楽しみでもあった。

けれど、若さとか、幼さなんて、やはりたいして価値がないものだ――。

春日は電車に乗り、今日会う人妻の敏感な反応を思い出して、妻の顔を打ち消した。


春日は京都に本社のある電子機器を扱う会社に、大阪にある大学の大学院を卒業してから入社し、それからずっと今まで働いている。学生時代に、大学の同級生と学生結婚した。お互い初めてつきあった相手で、最高のパートナーだと思っていたが、妻は結婚した二年後に、癌《がん》を発病して亡くなった。ひどく落ち込んだし、もう生きていけないぐらいに思っていた。誰にも言えないが、そこから立ち直ったのは、風俗で出会った女性たちのおかげだった。周りに同情されるのにも嫌気がさし、春日は隣県のソープに足を運んだ。ずっと妻一筋で、風俗に行くのも初めてだった。そこで出会った女は、春日より十は年上で、優しく春日の身体を慈《いつく》しんでくれた。行為が終わった途端、思わず涙が溢《あふ》れてきた。号泣する春日を、何も言わずに彼女はずっと抱きしめてくれた。

それから、風俗に嵌《はま》ってしまった。その場限りで、本名も知らない者同士だからこそ、肌を合わせて本来の自分を曝《さら》け出せる。風俗通いをはじめてから会社や取引先、行きつけの店の女性たちに好意を抱かれることもあった。妻を亡くして同情され、「春日さんにはどこか哀《かな》しみを感じるの」と、情をかけられ、春日も次々に関係を持った。風俗遊びと複数の女との関係を重ねているうちに妻の面影も薄れていった。そして五十歳目前にして社長から大事な話があると呼びだされ、娘と結婚してくれないかと頼まれた。

「年を取ってからできた娘やから、一番可愛《かわい》いんや。そやけど、これが大事に育て過ぎたせいか世間知らずで……わけわからん男につかまるのが心配でな。それやったら信頼できる男に、わしが元気なうちに預けようと思ったんや」

そう言われて、驚かないはずがない。年齢だって親子ほど離れているのにと言うと、「若いフラフラした男より、仕事もできる信用できる男がええんや」と、返された。

確かに実際に三香子に会ってみると、可愛らしいが、おとなしく、ふわふわとして流されてしまいそうな雰囲気がある。親なら心配になるのは無理もない。躊躇《ためら》いはあったが、家でずっと待っていてくれる女がいても悪くない。社長の娘と結婚することで将来が安定するという計算もないとは言えない。断る理由もなかった。

そうして男たちの羨望の視線を浴びながら結婚したが、一ケ月も経《た》たずに後悔する羽目《はめ》になった。


「ただいま」

春日が帰宅して声をかけても、返事は返ってこない。それは予想がついていたし、じっと待たれるのも面倒だ。寝室の扉に耳を近づけると寝息が聞こえる。

さきほど女と寝たあとでシャワーを浴びたから、風呂はもういい。歯を磨いてパジャマに着替えて寝室に入り、ダブルベッドにすべりこんだ。

「……お帰りなさい」

「起こしてしまったか」

春日がそう言うと、三香子は大きな欠伸《あくび》をした。

「寝てたらいいよ」

「うん」

そう言って、再び三香子はすやすやと寝息を立てる。

他の女とセックスしたあとで、妻と同じ寝床で寝るのに罪悪感は感じなかった。それにしても優雅な生活だと感心する。妻は趣味も特になく、本や映画にも関心は持たず、時間つぶしにゲームをするぐらいだ。

綺麗《きれい》な器の中身は空っぽで、つまらない――春日が妻に対してそう思うようになったのは、結婚してすぐだった。話題を自分から振ることができないのは、控えめだからではなく、何もないからだ。

セックスもそうだった。結婚した当初は、初心《うぶ》な女にいちから自分好みのセックスを教えて、いい女にしてやろう――そんな気持ちもわずかばかりあった。けれど三香子は何をしかけても反応が薄い。それどころか、身体にふれたり、性器に口をつけると、時に「こそばゆいからやめて」と億劫《おっくう》そうに言われ、途端に萎えてしまった。挿入して動かしても、早く終われとばかりに口をぽかんと開けている。フェラチオを嫌がることはないが、単に言われるがままに口の中で出し入れしているだけで、そこに愛情は感じられない。もともと淡泊な女なのだろうが、それにしても、少しぐらいはこちらに気遣いというものを見せてもいいのではないか。

　親に愛され慈しまれて何不自由なく育ってきた若い妻にとって、自分は単に親代わりに養ってくれる存在に過ぎないのだ。それを考えると、ひどく虚《むな》しくもなり、以前のように時々風俗に行ったり、昔の女と連絡をとりあい、今日のように、食事をして会話とセックスを楽しむ生活になった。

　こんな結婚生活に意味はあるのかとも思うが、一度、預かってしまった社長の娘と別れるのは困難だ。それに妻のことをつまらない女だとは思うが、嫌いではないし、可愛らしいとふと笑みがこぼれる瞬間もある。夜、家で食べると言った日は、一生懸命夕食を作り待っていてくれもする。欺瞞《ぎまん》的な夫婦生活ではあったが、続けていくしかないと月に一度は義務で何とかセックスはするようにしていたが、妻の反応は変わらなかった。

「うぅ……ん」

　三香子が隣で寝ぼけたのか布団を剝《は》いだ。風邪《かぜ》をひいてはいけないと、春日が布団を戻そうとすると、露《あら》わになった三香子のキャミソールから覗《のぞ》いた乳房に、痣《あざ》のようなものが見えた。

虫に刺されでもしたのか？　キスマークでもないだろうに——春日は妻の寝顔を覗き込む。化粧をしていない顔は、まるで子どものようだ。

「初心なお嬢さんだから、まさか、な」

そう自分に言い聞かせるように口にしたのは、気になることをさっきまで一緒にいた女に言われたからだ。


「奥さんと上手《うま》くいってる？」

春日が避妊具の中に射精して息を整えたあと、裸のまま煙草《たばこ》を吸いながら松永光江《まつながみつえ》がそう言った。四条大宮《しじょうおおみや》の料理屋で食事をしたあと一緒にホテルに行った光江はこのところの春日の情事の相手だ。四十五歳の人妻だが、七つ上の夫とのセックスは遠のいていて、春日以外にも寝る男は何人かいるらしい。柔らかく熟した肉と、巧みなフェラチオはさすが経験を経てきた女だけあり、セックスの相手としては満足していた。光江はインテリアの会社を経営していて、もともと仕事で十年前に出会い関係を持った。

「上手くいってるよ。セックスは義務で月に一度するかしないかだけど」

「言ってたわよね。いつまでも頑《かた》くなで初心なままで、反応が鈍くて、つまんないって」

「そうなんだよな。だけどセックスだけが夫婦生活じゃないのは、君もよくわかってるだろ」

春日がそう言うと、光江はくすっと笑みを浮かべる。

「フェラチオも好きじゃない、クンニはこそばゆいから嫌だ、舌をからませるキスも苦手……挿入しても無反応……あれじゃどれだけ若くて可愛くても、どの男もダメだよ」

春日は仰向《あおむ》けになり、そう口にした。光江が手を伸ばし、柔らかくなった春日の肉棒にふれている。

「俺は最初の妻が亡くなってから、散々遊んできて、セックスの楽しみも知っているつもりだから……三香子と結婚したときは、それを教えて大人の女に育てるつもりだった。だけどどうも上手くいかない。もともとセックスを好きじゃない女には何をしたって無理だとわかった」

光江の手の中で弄《もてあそ》ばれている肉の棒は、さきほど存分に口の中で震えていた。光江はとにかく男のこれが好きで、何時間でもフェラチオをし続けられるという。

「……男次第じゃないかしらね。相性もあるもの。女は男によって、いきなりセックスに開眼《かいがん》するってことは、よくある。私だって若い頃は自分はセックス好きじゃないなんて思ってたもの」

光江のその話は以前に聞いたことがあった。三十歳のときに知り合った男にいろんなことを試され、目覚めたのだと。それまでは恋人としかセックスをしたことがなかったから、男は数人しか知らなかったのが、乱交サークルなどに連れていかれ、不特定多数の男とやっていた時期があった、と。

「三香子は、君とは違うよ。お人形さんなんだ、中身が空っぽの。だいたい、今どき親の言いなりになってこんな年上の男と結婚するなんて考えられないだろう。中身のない女だから、セックスも未熟なんだ。君みたいに知性がないからな」

春日はそう言った。

「春日さんって、自信あるんだ、セックスに。自分として感じない女は、未熟だって断言するのは」

光江がどこか自分を嘲笑《ちょうしょう》している気がするのは気のせいだろうか。

「……ないこともないよ。いろいろ遊んで来たからね」

「へぇ……実はね、奥さん、今日、偶然見かけたのよ」

光江がそう言った。光江は取引先の社長として、春日の結婚披露宴にも出席しているので、三香子の顔も知っている。

「うちの会社、ラブホテルの内装も手掛けてるのよね。結構、大きなホテルチェーンの仕事を任されたから、デザイナーや担当者と一緒に、今日、岡崎《おかざき》の事務所に挨拶と打ち合わせに行ったのよ。岡崎の平安神宮《へいあんじんぐう》の大鳥居の辺り、ラブホ街があるの知ってるでしょ？」

「ああ」

「あのラブホ街の路地で、奥さん見たのよ。もちろん、ただ歩いていただけかも知れないけど……」

「まさか」

今日はどこにも外出していないはずだと春日は考えていた。朝、確かにそう言っていた。

「一緒にいた男も、知った顔だったわよ。さすがに声はかけられないわね」

そこまで口にして、光江は言葉を濁《にご》す。

「嘘《うそ》だろ」

「私、そんな嘘、今まで吐《つ》いたことある？　本当はあなたにこんなこと言うつもりじゃなかった。でもなんだかあなたがあまりにも自信満々だから、つい口にしちゃった」

光江の口調は明らかに自分を挑発している。その様子がひどく楽しそうなのが、癇《かん》にさわる。

「誰だよ。教えてくれよ」

春日が頼むと、光江はあっさりと男の名前を口にした。

柏木薫《かしわぎかおる》――営業部の男だ。確か三十歳ぐらいだろうか。男前だが細身で、覇気《はき》がないというか、いかにも今どきの男という雰囲気で、目立った存在ではない。飲み会で、「彼女はいないんですよ。自分から動くのってめんどくさくて」と言って、周りに「草食系男子ってお前みたいな男のこと言うんだよな」とくさされていたのは記憶にある。

「お似合いのカップルだった。ふたりとも楽しそうに手をつないでた。まあ、あなたもこういうことしてるから、お互い様よね」

「見間違いだろう」

「どうなのかしら……。そういえば、柏木君に初めて会ったときに、私、国文学専攻してたから、『源氏物語の柏木を連想した』って言ったら、きょとんとされたの覚えているわ。タイトルは聞いたことがあるけど、内容知りませんて。男の子はそんなものなのかしらね」

「『源氏物語』？」

「紫式部《むらさきしきぶ》の『源氏物語』の後半、『若菜《わかな》』の巻は、光源氏《ひかるげんじ》が兄に頼まれて、兄の娘を妻にするの。年の離れた幼妻は女三宮《おんなさんのみや》と呼ばれて……光源氏には紫の上《むらさきのうえ》っていう妻がもともといるのはあなたも知ってるでしょ。彼女もすごく幼い頃に光源氏に望まれてほとんど無理やり傍《そば》に来させられたけど、睦《むつ》まじい夫婦ではあった。でも、女三宮は兄に押しつけられた形で、しかも中身が子どもっぽすぎて光源氏は彼女を好きにはなれなかった。そんなときに、若い柏木という光源氏の親友の息子が女三宮に惚《ほ》れて、想いがつのって無理やり彼女を犯して子どもができてしまう……」

「おい、やめてくれよ」

光江が光源氏の話に、自分と妻をたとえようとしているのを察して、春日は鼻で笑おうとした。

「柏木の子どもを妊娠した女三宮と、柏木がどうなるかは、機会があれば読んで。『源氏物語』は実は後半が面白いのよね」

光江はくすくすと楽しそうに笑っているが、この女は、こんなつまらない冗談を言う女だったのかと、春日は苛立《いらだ》っていた。

ラブホテルで妻と柏木を見たと光江に告げられ、その夜に、妻の身体にキスマークのような痣を見かけてから、春日は家では三香子を、会社では柏木をずっと観察していた。柏木は相変らずだが、三香子がどこか今までとは違っている気がしてきたのは、スマートフォンがいつのまにかロックされているのと、何となく表情が明るくなっているように思えるからだ。それに、何よりも、春日に対して以前より気を使うようになった。ボーッとして、何事も受け身で気が利かない女だったはずなのが、「毎日お疲れさま。マッサージしてあげようか」などと声をかけてきたり、夕食の料理のレパートリーが増えたりもしている。自分にも心当たりがあるからわかるのだが、後ろめたいことがあると、人間は優しくなるのだ。

疑惑は膨らむが、決定的な証拠はない。それに、未成熟な三香子が浮気などするはずがないとまだどこかで信じていたかった。

柏木が自ら告白してきたのは、疑惑を抱いてから一ケ月半後のことだった。春日が営業部の課長と打ち合わせを兼ねて呑んだときに、柏木も一緒に来た。仕事の話をして、お開きになり、課長がタクシーに乗って帰り、ふたりきりになった途端に、柏木が「春日部長！　お話があるんです！」と言ってきた。路上では何だからと、近くの居酒屋に入った。

「申し訳ありません！」

柏木は普段の覇気のなさとは別人のように、勢いをつけて頭を下げた。

「松永さんが先日会社にいらっしゃったときに、奥様と一緒にいるのを見られたことを知ったんです！　春日さんに伝わっているのも……だから謝らなければとずっと思っていました。本当に申し訳ございません！」

余計なことをと、春日は光江の顔を浮かべた。どうも光江はこの事態を面白がっているとしか思えない。それでも、疑い続けるよりはいい機会なのかもしれない。

「どうやってお詫《わ》びをしたらいいか……退職も考えています」

「おいおい、ちょっと待てよ」

春日とて、決して愉快な事態ではないが、どこかまだ信じられない気持ちがあった。そのせいか、余裕もあり、他人事のように落ち着いている。

「まず話してくれ。なんでうちの妻とそうなったかを」

「はい……春日さんの結婚披露宴で奥様に初めてお会いして、可愛い人だなと……それから偶然、営業の合間に木屋町《きやまち》の喫茶店にいるときに、奥様を見かけて、ひとりで珈琲《コーヒー》を飲んでいらっしゃって、僕を見つけて声をかけてくださったんです」

三香子のほうも柏木を覚えていたという。

「奥様と話しているうちに、守ってあげたいというか、抱きしめたくなってしまって……ホテルに誘いました」

春日は運ばれてきたビールに口をつけず、柏木の話を聞いていた。

「三香子さんは、ずっと春日さんに申し訳ないって躊躇っておられました。だから僕が悪いんです」

申し訳ない——そう言いつつも、同意してホテルに入ったのかと、春日は唖然《あぜん》とした。本当に嫌なら拒むはずだ。

「それから、何度か会っています。でも、信じてください。奥様は春日さんと別れる気はなくて、ただ魔が差しただけで……。訴えられても仕方ないことをしているのは自覚しています。会社を辞める覚悟もできていますし、奥様とも別れ——」

「今まで何度、したんだ」

春日はつい、そう口にした。

「はぁ……週に一度は会ってますから……でも、何度と問われると、一度に二回、三回することもあるので」

「フェラチオはするか？　クンニもしてるのか」

「はい、どちらも」

　春日は大きく息を吐いた。衝撃を受けたのは、妻が浮気をしていることではなく、自分とでは嫌がる行為をこの若い男相手には受け入れていることだ。しかも、一度に三回なんて、ありえない。

「……反応は薄いだろう」

「いえ、感度はすごくいいです。最高です」

柏木はそう言って、すぐに「すみません」と謝って俯《うつむ》いた。

春日の口から、自分でも思ってもいない言葉が出た。

「――見せてくれないか」

「は？」

「妻と君がどういうセックスしているか、見たいんだ。君は会社を辞めなくてもいいし、妻と別れる必要もないから、俺に、見せて欲しい。いや、見せろ。これは上司からの命令だ」

　柏木は最初、意味がわからぬのか口をぽかんと開けていたが、春日が「頼む」と頭を下げると、無言で頷《うなず》いた。

どうしてこうなったか、春日は自分自身でもわからぬままだった。カメラを寝室に設置して、柏木に三香子に家で会いたいと頼むように言った。今までは会うのはいつもホテルだったらしいが、三香子のことだ、柏木が強引にせまれば受け入れるだろうという予想は当たった。

春日は午後から会社を早退し、三香子が柏木と外で昼食をとっている間に家に戻り、寝室の隣の物置にしている四畳半の部屋で、ノートパソコンをモニターに寝室の様子を眺めていた。さきほど玄関の開く音がして、柏木と三香子が入ってきた気配があった。ふたりはそのまま寝室のベッドに腰をかける。

「自分から頼んだのに、少し罪悪感があるよ。三香子さんの家に入っていくなんて……」

「気にせんでも、ええのに」

三香子の柔らかい、おっとりした京ことばも、どこか媚《こ》びを含んでいる気がした。

「でも、少し燃えるな。三香子さんが部長と一緒に寝ているベッドでこうしているなんて。しかも、昼間から」

きっとそれがこの部下の本音《ほんね》なのだと春日は思った。柏木はこうして隣に自分がいることを知っていながら興奮しているのだろう。人妻が、男たちを惹きつけるのは、他の男の女だからだ。背徳感やうしろめたさが性的興奮を喚起するのには、自分も覚えがある。柏木にも「俺に遠慮なく、いつものとおりに三香子を抱いてくれ」と、伝えていた。

柏木が三香子の唇を塞《ふさ》ぎ、舌を絡ませる音が聞こえた。春日が驚いたのは、舌をからませるのは唾液が入ってくるから気持ち悪いと言っていた三香子が必死で柏木と唇を合わせていたことではなく、キスをしたまま、自ら柏木の股間に手を近づけたことだった。三香子の小さな白い手が、もう膨れ上がった柏木のズボンの上で蠢《うごめ》いている。

「ぁあ……」

三香子が柏木から顔を離した。口元は涎《よだれ》で濡れ、目は半開きで宙を見ている。色白の三香子の耳が真っ赤になっていた。キスだけで、興奮しているのか。そしてその間も、三香子の手は柏木の股間から離れない。

「もう、三香子さん、本当に俺の好きなんだね。早く欲しい？」

「うん……好きぃ……欲しい……」

「俺も、三香子さんが欲しくて、すごく硬くなってる」

そう言って柏木がベッドの脇に立ってベルトを外すと、三香子は跪《ひざまず》いてズボンと下着を引きずり下ろした。春日は画面を眺めて目を見張る。その細い身体に似合わず、太さも長さもある立派な男根だった。

「大きいの……好き……」

三香子はそう言って、柏木の巨根を口にした。

「あ……気持ちいい……」

柏木が顎《あご》を上げ声を出す。三香子は両手で柏木の尻をつかみながら、顔を動かしている。

「三香子さん、俺の咥えながら、オナニーしていいよ。本当はずっとそこさわりたくてしょうがないんでしょ」

柏木がそう言うと、三香子は困ったような目で柏木を見つめたまま、目を伏せて、左手をスカートの中に差し込んだ。

春日からすれば信じられないような光景だった。まさか三香子がオナニーをするような女だとは考えたことがなかった。淡泊で、性欲もほとんどないと思い込んでいたぐらいだ。こうして男の前で自分の股間をさわるなんてありえないはずだった。

柏木は三香子に股間をくわえさせたまま、まるで子どもを可愛がるかのように彼女の頭を撫《な》でていた。指先が慈しむように、三香子の髪の毛にからみつく。

「三香子さん、下着とって、ベッドに横になって」

柏木にそう言われて、三香子は男の肉の棒をちゅぽんと音を立てて離し、そのまま立ち上がって、下着を脱いだ。従順で、いやいややっているようには見えない。

三香子は白いブラウスと薄いグリーンの柔らかな生地《きじ》のスカートのまま、ベッドに仰向けになる。目は、切なげな色を浮かべじっと柏木を眺めている。

「俺に、オナニー見せて。三香子さんが子どもの頃からずっとやっているように」

三香子はすっと細い脚を開き、白い肌に不似合な、わさわさと生い茂った股間を晒《さら》す。処理されていない陰毛が、昼間の光の中で生々しい。その奥の、小づくりで楚々《そそ》とした性器も。いつも隠れているはずの陰核は尖《とが》りを見せて、まるで挑発するかのように突き出している。そしてもうさきほどから興奮しているのがわかるほどに、襞《ひだ》の合わせ目はぬらぬらと三香子自身から溢れる液体で光っている。

三香子は腰を突きあげ手を伸ばし、左手の人差し指と中指で陰核を挟んだ。

「うぅ……」

耳だけではなく頰《ほお》と首筋も紅に染め、目を伏せながら、三香子は自らの指を揺らしている。

「いやらしいね、三香子さん。男の前で自分のクリトリスいじるなんて、変態だ。

でも興奮してるんだろ」

柏木の言葉に三香子は首を振るが、開かれたままの脚は、柏木の言葉を肯定しているようにしか思えなかった。

「自分でさわるだけじゃ物足りないでしょ？」

春日がそう言うと、三香子は首を縦に振る。

「どうされたいか言ってよ。俺に何をして欲しいか」

「舐められたい――」

三香子が消え入るような声で、そう言った。

「俺の舌で可愛がって欲しいの？　ベロベロ舐められたいの？」

「うん――」

「可愛いね、三香子さん。いやらしい女だ。好きだよ。いやらしい三香子さん、可愛い」

柏木はそう言うと、腰を落とし、三香子の股間に顔を埋《うず》めた。

「あーー」

隣近所に聞こえるんじゃないかと心配するほどにあられもない声を、三香子があげた。今まで一緒に暮らしていて、こんな大きな声を聞いたのは、初めてだ。ぴちャぴちゃと水が弾《はじ》ける音と共に、三香子の腰が動くが、柏木が両手で三香子の脚を押さえつけている。

「――気持ちいい――あかん――」

三香子の目じりから涙が溢れている。

春日がそこを舐めたときは、こそばゆいから嫌だと言っていたくせに。

「三香子さん、やっぱり俺のも舐めて欲しい」

柏木はそう言って、三香子の股間から顔を離し、シャツを脱いで全裸になった。三香子のブラウスもそのまま脱がし、ブラジャーもとると、小ぶりだが白く形のいい乳房が露わになる。三香子の乳房の先端は、濃い桃色でつんと突き出ていた。確か春日の知る限りは、もっと薄い色だったはずなのに。それに、三香子の身体は以前より丸みを帯びているようだった。細身でくびれはほとんどなかったのが、腰回りに肉がついてきている気がする。

全裸になったふたりは、柏木が下になり、たがい違いに身体を組み合わせる。そのまま柏木は三香子の性器に顔をうずめた。

「あぁ……もっとぉ……舐めて――吸って――」

三香子は柏木の顔を尻で挟みながら、声を漏らす。しばらくよがっていたが、必死で三香子も柏木の肉の棒をくわえ込んでじゅぽじゅぽと音をたてはじめる。

これは果たして俺の妻なのだろうか？

自分の部下と妻が性器を貪る光景を眺めながら、春日はそう考えずにはいられない。

「やぁ……もう、我慢できひん……」

三香子がたまらずそう口にすると、柏木は、三香子の秘部を持ち上げ性器を見せつけるようにしながら口を開く。

「旦那さんとも、こういうことするの？」

「しぃひん……」

「なんで？　三香子さん、こんなにセックス好きなのに」

「信一さんは、私のこと好きやないし、最初から見下してはるもん」

「そんなことないでしょう」

「ううん。あの人は、私は若いから、お嬢さんやからって決めつけて、子ども扱いやねん。それに、すごい自信満々なんやけど、なんやそれが滑稽《こっけい》でな、おかしくて、その気にならへんねん」

「俺は、いいの」

「うん――柏木さんは、ちゃんと私と一緒に気持ち良くなろうとしてくれるから、私も思い切り感じられるんや。セックスは、対等やないと、おもろないねん」

春日は唇を嚙《か》んだ。滑稽――そんなことを言われたのは初めてだった。しかも小娘に。指先が震えるのは、プライドが傷つけられたからだろうか。

「ああ……もう我慢できないよ……三香子さん、挿《い》れていい？」

三香子の返事を待たずに、柏木は三香子の身体を起こした。ベッドの上に座り、肉の棒に手を添えて「三香子さん、後ろから抱きしめてあげるから、自分で挿れて」と口にする。

三香子は柏木の胸に背中を合わせ、股を開き肉の棒を差し込んだ。

春日は気づいた。この体位を柏木がさせたのは、性器同士が合わさっているのと、三香子が感じる様子を自分に見せようとしているのだ。そして、これは柏木のものぐらい長さがある性器ではないと、動きにくい。

柏木の男の肉が、三香子の小づくりな襞に囲まれた裂け目にずっぽりと入っている。三香子は感極まったように、顔をのけぞらし、柏木の肩に顔をもたれさす。三香子の唇を柏木が吸いながら、腰を小刻みに動かしはじめた。

「あっ」

三香子が柏木の唇から顔を離し声を出したのは、柏木の左手の指が、三香子の下の尖りを探りあてたからだ。

「挿れられながらここさわられるの好きなんだろ」

三香子はこくりと頷く。

「自分でもさわってごらん。オナニーしてみて」

柏木が三香子の左手を手にとり、そっと繁《しげ》みの下に添えさせる。三香子は中指で、陰核の表皮の付け根をぎゅっと押さえた。

「旦那さんとのセックスよりも、オナニーのほうが気持ちがいいって言ってたよね」

「うん……」

柏木にもたれかかったまま、三香子は自分で自分の小さな粒を円を描くように撫でまわす。三香子が自分の性器をさわるなんて、考えたこともなかった。性的に淡泊で、セックスに興味もない女だと信じていたのに。

――男次第じゃないかしらね。相性もあるもの。女は男によって、いきなりセックスに開眼するってことは、よくあるのよ――

ふいに、光江の言葉が脳裏に浮かぶ。

柏木は三香子の腰を両手で抱き、上下に動かしている。その度に、三香子の濃い陰毛の割れ目から、赤黒い肉の棒が出し入れされ、その下にたれさがる玉袋が揺れるのも見える。三香子は声をあげながら、柏木の動きに合わせるように自分の陰核を撫でまわし続けている。

「あかん――イく――」

三香子は泣きそうな声でそう言うと、間髪《かんはつ》を容《い》れず身体が痙攣《けいれん》するのがわかる。春日が見たことがない呆《ほう》けた表情をしたまま、三香子は力が抜けたのが、前のめりに倒れこんだ。

「ダメだよ、三香子さん。俺はまだイってないんだから」

もうやめてくれ――春日は内心、そう思っていた。けれど、どうすることもできずに、モニターを眺め続けている。どうして俺はこんなことをさせてしまったのか。このふたりがからみあったベッドで、何も知らない顔をして眠り、暮らし続けることができるのだろうか。

前のめりに倒れた三香子の腰を柏木が浮かせ、今度は後ろからずぶりと差し込んだ。

「あー」

三香子が顔をあげるが、目は虚《うつ》ろで開いた唇からは涎を垂らしている。あのいつもの高くか細い声からは想像がつかない、下品なくらいに低い声を発しながら。

「後ろからだと、三香子さんのお尻の穴も丸見えだ。皺《しわ》に囲まれて可愛いね」

柏木はそう言いながら、腰の動きを速めていく。さすが若いだけあると春日は思わずにはいられなかった。

「後ろから突かれるの、好きでしょ。奥まで届くから」

「うん……好きぃ……」

「三香子さん、ほんとうにいやらしくて可愛い」

そう言いながら、柏木の息が速まっているのに気づく。絶頂が近づいているのに違いない。

「あ……出そうだ……あぁ……」

「大丈夫だから、中に出して——」

何てことを言うんだと春日は思わず身を乗り出した。妊娠したらどうする気なのか——。

「出るぅっ」

柏木の咆哮《ほうこう》は、イヤフォンをしていても、隣の部屋から聴こえてきた。

春日は壁にもたれかかり、呆然《ぼうぜん》としていた。セックスは終わったが、隣の部屋で、ふたりはまだ裸で抱き合っている。

「汗かいてシーツ汚したな……ごめん」

「ええねん、洗濯するし。でも、汗だけやないもんなぁ。このシーツ、洗わずに乾かして、そのまま旦那をここで寝させてもええねんけど」

そう口にした三香子の表情は、愛らしくも意地が悪く、夫への罪悪感は感じられなかった。

「なんで春日さんと結婚したの？　三香子さんなら他に男もできるだろうに」

「私、ずっと不倫してててん、高校の先生と。別れたりくっついたり繰り返しててんけど、父親が心配して引き離すために結婚させようとしててん。仕事できる人やから、会社のために身内にしておこうという計算もあったみたいやで。会ったら印象は悪くなかったし、うんと年上やからエッチ上手いかなって思ってたんやけど……」

「ダメだったの？　春日さんて、結構遊び人だったって噂《うわさ》なのに」

「たくさん経験があるからって、セックスがいいとは限らへんで。でも本人は上手いと思い込んでるし、私のこと見かけや雰囲気で経験少ない初心な女やって判断して、最初から『俺が好みの女に育ててやるよ』『俺と寝た女は、みんな最高って言うから』『若い女は、すぐ出したがる元気だけの若い男よりも、おじさんとセックスして悦《よろこ》びを覚えるほうが幸せなんだよ』って、教えてやる気と自信満々で、うんざりして、乗れなくなってもうてん。女は心が閉じてしまうと、身体は開かへんやん。期待してたのに……そやからもう、外で遊ぼうって決めたときに、柏木さんと偶然会って……」

春日は胸に手をあてる。三香子の言葉が突き刺さる。

自分の勝手な思い込みで、最初から三香子とは心がすれ違っていたのだ。

「でも、離婚はするつもりないんだろ」

「優雅な生活をさせてもらえるし、うちの父に逆らいたくないもん。生活の面倒見てくれる同居人やと思えば、なんてことないわ。悪い人やないし」

「三香子さんは悪い女だね」

「違うねん、正直なだけや」

「中に出しちゃったけど、子どもができたらどうするの」

「さあ……そのときに考えるわ。夫の子やって産むのもありかもしれん。だって柏木さんは、もし私が離婚して結婚してとか迫ったら、逃げるやろ」

「……俺はまだまだ落ち着きたくないし、他にも遊んでる子もいるからね」

「わかってるって。そやから、こうしてセックスだけを楽しめるんや」

三香子と柏木はそのあともキスをしたり戯《じゃ》れていたが、やがて柏木は「外廻りって言って出てきたけど、そろそろ一度会社戻るから」と告げて、早々に出ていった様子で、三香子は浴室に入りシャワーを浴びはじめた。

春日は音を立てずに部屋を出て、玄関で靴を履き外に出る。時計を見ると、午後四時だ。会社には早退届を出してしまっているので、どこかで時間をつぶして、二、三時間したら、いつものように家に帰って――それができるだろうか。

柏木も自分が隣の部屋で見ていることを知りながら、わざと自分のプライドが傷つくような会話に誘導していたのは、優越感を得るためなのか。

春日は自宅マンションの近くの公園のベンチに座り込む。さきほどの三香子の乱れた姿が脳裏に焼き付いて離れなかった。動画を証拠だと突きつけて不貞で離婚を迫ることもできるけれど――。

何事もなかったかのように今晩、うちに帰り、三香子の作った夕食を食べて、夫婦生活を続けるしかない。若い部下に妻を寝取られたなんて誰にも知られたくはなかったし、何より、さきほど見た妻の淫らな姿態が脳裏に焼き付いて離れない。

「あんないい女、誰にもくれてやるもんか」

ほとんど無意識に、そう口にしていた。

男としてのプライドは傷つけられたけれど、それ以上に、初めて見た妻の姿に魅せられてしまった。傲慢な態度を反省し、ひとりの女として向き合ってやり直すことを三香子は許してくれるだろうか。たとえ柏木と関係し続けても、柏木の子どもを妊娠しても――それでも自分は妻のいやらしい姿を見るために、別れたくはない――。

春日はそう決めると、身を翻《ひるがえ》して妻のいる我が家へ足を速めた。

朧月夜

「秀晃《ひであき》のよく知ってる人や」

腹違いの兄にそう言われてはいたが、実際に会うと、思い出すまでに時間がかかってしまった。何しろ、その女の雰囲気が昔とはまるで違ったからだ。

八年の歳月が短いか長いかは、わからない。それにしても、女という生き物は、どうしてこう、時に激しく変化するのだろう。

自分の知るその女は、かつては少年のようなショートカットと眼鏡《めがね》、化粧は薄い口紅だけで、まるでリクルートスーツのような地味な紺《こん》の上下の服が多く、艶《なま》めかしさとは無縁だった。けれど、愛嬌《あいきょう》があり、前向きな努力家で仕事ができ、上司の立場としては随分と助けられた。

彼女が二十八歳のときに、「もともと母子家庭なんです。先日、母が倒れて、兄は遠くで働いているので、介護のために福井の実家に帰ります」と、退職届を受け取った。残念だったし、その若さで正社員の職を捨て親の世話をしなければいけないという状況にも同情した。

その女——野々宮月子《ののみやつきこ》が、なぜか目の前にいる。

伏見《ふしみ》の父の家に戻ったのは正月以来だ。同じ京都市内ではあるが、だからこそ用事がないと立ち寄るのが面倒だ。何よりも、その家は、自分と血の繋《つな》がらない義理の母と義兄の住処《すみか》だから、居心地《いごこち》がよくない。

式田《しきだ》秀晃は、四十六歳になった。父が代表取締役社長を務める「式田観光」の子会社である「式田楽遊《らくゆう》トラベル」の社長になって十五年が経《た》ち、三つ下の妻とふたりの娘がいる。

秀晃は父の愛人の子だ。もともと式田観光は、父の妻の実家が経営する会社で、婿入りして父が跡を継いだ。長男である義兄を義母が妊娠していた頃、父は愛人だった自分の秘書との間にも子どもを授かり、愛人がどうしてもと望んで秀晃が生まれた。

数年間、父は余所《よそ》に出来た子どもの存在を隠していたが、愛人だった秘書——秀晃の母が若くして病で亡くなり、父は自分が面倒を見ようと正直に妻や義父母に話をした。そのときは、もちろん離婚されて会社を追い出されてもしようがない覚悟だったとあとに聞いた。

妻はもちろん衝撃を受け悲しんだが、「子どもには罪はない。自分も母親だから、きちんと育ててやりたい」と、当時小学生だった秀晃を引き取り養子にして育てると申し出た。

その後、父と義母、義理の兄の元で育った秀晃は、大学時代からは近所のアパートで独り暮らしをはじめ、卒業後は父の会社で働き、数年後に父と義母のすすめで子会社「式田楽遊トラベル」を立ち上げ社長になった。

義母は秀晃に対して気遣いながらも優しく育ててくれて感謝している。愛人の子どもを養子にして育てるなんて、そうそうできるものではない。腹違いの兄の友和《ともかず》との仲も悪くはないのは、友和の性格のおかげもあるだろう。

背が高く趣味のジム通いのせいで体格のいい秀晃とは対照的に、小柄でひょろりとした友和は、性格もおとなしく、怒った姿を誰も見たことがない。成績もよくなく、秀晃が卒業した大学とは偏差値が十ほど低い大阪の大学をギリギリで卒業して「式田観光」に就職した。今は副社長という立場だが「幾つになっても頼りない坊っちゃん」という評判なのは、秀晃も耳にしている。

父親は、友和に継がせるのは躊躇《ちゅうちょ》している様子もあったし、古くからの社員の中には、秀晃を式田観光に呼び戻し次期社長にという声も少なくない。ただ、義母はやはり本当の息子が可愛《かわい》くてなんとしてでも社長に就任させたいと望んでいるのを秀晃は承知していた。

それよりも、友和は四十七歳の今まで独身で、浮いた噂《うわさ》ひとつない。彼女らしき女を連れてきたこともなく、一時期は義母は「女嫌いってことはないか心配や」と大層、気にしていた。

そんな義兄が、いきなり「結婚する」と言い出した。相手の女を紹介するから実家に来てくれと連絡が来て、京都の観光シーズンも落ち着いた日曜の昼下がり、秀晃は久々に実家を訪れた。

ソファーに座る目の前の女が、かつての自分の部下だとは、兄に言われるまでわからなかった。

「お久しぶりです、社長。まさかこんな形で再会できるなんて……。驚いた顔されてましたね。太っちゃったから、わかんなかったでしょ」

艶のある髪の毛は緩いカーブを保ち、肩の下まである。水色のノースリーブのワンピースが、白く潤《うるお》いのある肌を際立たせている。豊かな胸の膨らみと腰の張り、むっちりとした二の腕は三十六歳という女の成熟ぶりを露《あら》わにしている。

赤い口紅と、ブラウンのアイシャドウも品が良く、銀色のピアスは紫陽花《あじさい》の形だ。よく見れば、丸くて低めの愛嬌ある鼻の形に見覚えはあるが、この女の瞳が切れ長で艶めかしいのは、昔は眼鏡のせいで気づかなかった。

「母は三年前に亡くなりました。もう家も売ってしまって、学生時代から住んでいた京都に帰ってきました。旅行会社で働いていた経験があるのと、大学が英文科で英語が話せるので観光案内所で契約社員として勤めていました。そこで友和さんと再会して……。以前、式田楽遊トラベルで社長の下《もと》でお世話になったときに何度か面識はありましたから、私から声をかけました。それが半年前です」

月子が珈琲《コーヒー》カップを持ち上げる手の指には、薄桃色と白のグラデーションのネイルがそつなく塗られていた。昔はネイルも、アクセサリーもつけているのを見たことがなかったのに。その変化を見て、この八年、彼女に起こった様々な出来事に想いを馳《は》せる。

「四十七歳にもなるのに女っ気がなくて、ずっと心配してたから、ホッとしたわ。おとなしくて頼りないけど、優しい子やから、月子さん、よろしくやで」

義母は上機嫌だったし、その隣にいる七十四歳の父も穏やかな笑みを浮かべている。

「やっとこれで、俺も引退準備ができるわ」

心の底から安堵《あんど》したように、父がそう言った。

「社長……いえ、秀晃さんと義姉弟になるなんて、夢にも思いませんでした。今度、友和さんとご自宅に挨拶に伺ってもよろしいですか。奥さまと娘さんにもお会いしたいです。ね、友和さん」

月子がそう言うと、照れているのかいつもにまして口数の少ない義兄は、頷《うなず》いた。

秀晃の妻の佳織《かおり》は、友人が経営するアンティークショップで週に三度働いていて、今日は友人が海外に買い付けに行くため店番を任されている。秀晃の上の娘はアメリカに留学中で、下の娘は高校生で部活に勤《いそ》しみ、ふたりとも手を離れていた。

「年下だけど、私のほうが義姉《あね》になるんですね。今後、よろしくお願いします」

月子がそう言って頭を下げたが、前かがみになった際にワンピースの胸元から見えた胸の谷間の白さに秀晃は思わず目を逸《そ》らした。

汗のせいなのか、光っていた。

あんな男にはもったいない——。

実家をあとにして、まっすぐ帰宅する気にならず、秀晃は京阪《けいはん》電車の七条《しちじょう》駅で降りると、西に歩き、早くから開いている煮込み屋に足を踏み入れてビールを頼んだ。

今年は桜も遅かったが、紫陽花もだ。煮込みの店に行く道すがら、高瀬川《たかせがわ》沿いの紫や青の紫陽花を眺めて秀晃は、さきほど再会した女のことを考えていた。

まさか友和が結婚するとは思わなかった。義理の兄は、男前でもないし、穏やかと言えば聞こえがいいが、経営者には向いていない。今は父がいるからいいが、義兄がいずれ社長に就任することに社員たちは不安がっていた。

「秀晃さんが『式田観光』を継いでくれたらええのにって、わしだけやなく、社員はみんなそう思っとります」

父の片腕として会社を支えてきた式田観光の専務にも、言われたことはある。式田観光は旅行業だけではなく、タクシーや観光バス、旅館経営と幅広く手掛けている。

しかし、もともとは義母の親が立ち上げた会社に父が社長として就任したという経緯があり、義母の力が大きいのだ。関係は悪くないとはいえ、義母は愛人の子である秀晃とは血の繋がりがない。友和を次期社長にと強く望むからこそ、秀晃を「式田観光」から離れさせ、子会社の社長にしたのだ。

秀晃自身も不満はない。式田観光のような様々な事業を傘下に持つ会社よりも、社員十人の「式田楽遊トラベル」の代表のほうが、自由も利くし、好きなことをできる。実際、歴史小説が好きな秀晃の発案で、「歴女《れきじょ》集合！　戦国ツアー」や、「新選組をめぐる旅」などの企画を作り、ニュース番組や雑誌にも取り上げられ好評だった。

だから兄が父の会社を継ぐのに不満はないが、なにぶん、頼りなくて社員たちが不安になっているのは気にしていた。

それにしても、どうして、あんないい女を――。

頼りない兄が、かつての自分の部下で、艶めかしく熟した女と結婚するのが、秀晃は腑《ふ》に落ちなかった。

モツ煮込みと冷奴《ひややっこ》でビールを飲んでいると、ポケットに入れておいたスマホが振動した。知らないアドレスからのメールだった。

〈さきほどはどうも。休日にお越しいただいてありがとうございます。月子です。

呼び方は、式田社長……秀晃さんで、いいですか？　慣れなくて恥ずかしいです。

このアドレスは友和さんに聞きました。お義母《かあ》さんやお義父《とう》さんたちがいるから、ゆっくり話せませんでしたけど、おかわりなくて、嬉《うれ》しかったです。ふたりで添乗仕事や営業していたのが懐《なつ》かしくてたまりませんでした。

お客さんに怒られて泣いたとき、ホテルのバーで慰《なぐさ》めてもらったときのこととか、思い出してしまいました。

あのとき、朝が早くて社長も眠かったし疲れてもいたはずなのに、私につきあってくれて、本当に嬉しかったんです。
また思い出話をする機会が欲しいと思っています。
お忙しいとは思いますが……会いたいです〉
月子からのメールに、秀晃はすぐには返信できなかった。

薄闇の中でも、皺《しわ》に縁どられた小さな穴は、淫猥《いんわい》だった。

色の白い女だとは思ったが、普段、隠れている部分はさらに真っ白で、吹き出物ひとつない尻は、かぶりつきたくなるほど艶やかだ。

くすんだ谷間に隠れる穴は秘《ひめ》やかに目の前に現れたが、秀晃が腰を動かしはじめてしばらくすると、その下の襞《ひだ》の潤いが溢《あふ》れると共に、すぼんだり開いたりといじらしい動きを見せはじめる。

昔は今よりも細身ではあったが、その割には尻が大きいと気づいたのは、ふたりで営業回りをしているときに、駅の階段で月子が前を歩き、後ろからその姿を眺めていたときか。

けれども、だからといって、いやらしい気持ちになったことはないはずなのに

――。

「あぁ……社長……奥まであたります……」

「気持ちいいか」

「うん……いい……」

「尻の穴がひくひく動いて、息してるみたいだ」

「や……恥ずかしい」

月子はそう言って、シーツに顔を埋《うず》めたまま泣きそうな声をあげる。

その声としぐさがひどく愛らしく、秀晃はここ数年感じたことのない高揚感で、自分の肉の棒が更に硬くなった気がした。

まだまだいけるじゃないか――そう、男としての自信も取り戻させてくれる。

月子の秘部から滴《したた》る蜜は、太ももを伝わり垂れ流れている。初めてなのに、いきなり身体《からだ》が馴染《なじ》んだと思ったのは、自分だけではないのだろう。

妻と最後にしたのは、三年以上前だ。子どもが出来たときから少なくなっていたが、妻が四十歳を越えてから、「痛い」「したくない」と、拒否されることが増えた。

女は加齢と共に女性ホルモンが減少し、濡《ぬ》れなくなり、四十代半《なか》ばを過ぎて更年期を迎えると性欲も無くなるのだと妻に言われた。

もちろん、そうではない、若い頃よりも性欲が強くなる女性もいるのは知っているが、自分の妻は性的なことが遠のくタイプらしい。

けれど秀晃とて衰えは感じていたし、若い頃はそれなりに遊んでいたが、四十歳を迎えてからは自分から積極的に女と交わろうと考えることもなくなった。

旅行業をしているので、地方の温泉地に行ったときに、客と共に女を呼びもするし、得意先の社長が副業で経営する滋賀県雄琴《おごと》の風俗店に行くこともあるが、それらは全て金で買う「遊び」に過ぎなかった。

妻に不満は無いし、何よりも娘たちに嫌われたくないから、家庭を壊す可能性のある関係は避けていた。厳密に言うと、新婚当時、行きつけの飲み屋で働く離婚歴のある女に惚《ほ》れられて数ケ月関係を持ったこともあるが、女が結婚願望をちらつかせたので、手切れ金と共に縁を切った。

若い頃から、モテないわけではない。少なくとも、義兄の友和よりは、女には好かれた。けれど、やはり家庭と仕事が大切だと、そこは上手《うま》くやってきたつもりだし、基本的に真面目《まじめ》な小心者なのだ。

自分のことをそう思っていたのに――なぜ、今、兄の婚約者の尻の穴を眺めながら腰を動かしているのだろうか。

「社長の、食べたい」

ラブホテルに入り、口を吸い合いお互いの身体をまさぐるなり、月子がそう口にしたのに秀晃は驚いた。

「でも、風呂に入ってない」

「そんなの構わない。社長の匂いがするのがいいの」

そう言って、自ら跪《ひざまず》き、秀晃の下半身を剝《む》き出しにさせ、かぶりついた。

実家で義兄の婚約者として月子と再会したあと、メールで「思い出話がしたいです」と言う月子に誘われて、一ケ月もしないうちにふたりで会った。

「友和さんには内緒にしてください。三人で会っても、あの人って無口だし、私と秀晃さんしかわからない話をするとつまらないだろうから、気を使うでしょ」

そう言われたので、誰にも告げなかった。

人目についてはいけないと、ふたりは山科《やましな》まで行き、個室の創作料理の店で飲み食いしたあと、名神《めいしん》高速道路の京都東インターチェンジ近くのホテルに入った。秀晃は車だったから酒は飲まなかった。いや、実際のところ、こうなることを予想して、勃《た》たなくなってはいけないと、ずっとウーロン茶を飲んでいた。

久しぶりだし、自分はもう五十歳近いから、心配していたのだが、杞憂《きゆう》だった。

月子と面と向かい個室にいるときから、下半身が熱を帯びていた。今日は、この前よりも、口紅の色が赤く、艶もある。黒のニットのワンピースに白い薄手のカーディガンを羽織《はお》っていたが、食事の途中で、「お酒飲んだら、やっぱり身体熱くなりますね」と、カーディガンを脱いだ。

白くむちむちした二の腕と、胸の谷間に目のやり場に困った。

「それにしても、最初、本当にわからなかった。ずいぶんと雰囲気が違ったから」

「太ったんです。食べる量はそんなに変わらないはずなんだけど、やっぱり三十代半ばになると代謝が悪くて」

月子はそう言うが、昔が痩《や》せていたので、今ぐらいが肉感的で、ちょうどいい。女はやたらと痩せたがるが、細すぎて抱いたときに骨が当たるのは、気を削《そ》がれる。

「それなりに苦労もしたせいかもしれません。福井に帰り、母の介護をして……介護士さんは来てくれましたけど、母が他人の手にふれられるのを嫌がるから、私は外に働きにも行けなかったんです。田舎《いなか》で、遊ぶ場所もないし、ストレスたまりましたよ」

仕事を辞めて田舎に帰ったとき、月子はまだ二十代後半だ。さぞかし大変だったただろう。

「だけどそのうち母が入院して……毎日、病院には行きましたが、それでやっと外で働けました。地元の旅行会社でパートしながら、旅行業務取扱管理者の国家資格も取りました。英語も話さないと忘れちゃうので、独学で勉強していました」

秀晃は月子と共に、進学校のアメリカ研修旅行の添乗をしたのを思い出した。あのときは、月子の英語力に助けられた。真面目で、努力家で、仕事熱心な部下だった。

「母は三年前に亡くなって、正直、ホッとしました。兄と話し合って、家も売って、もう一度、京都に出てきました。でも、私、三十三歳になってたから、正社員の口も難しくて」

「君ぐらいのスキルがあれば」

「社長……あ、秀晃さん。今は本当に厳しいですよ。派遣社員か契約社員ならあったけど、お給料が安いのと、年齢的に二十代の子が多いから、やりづらいんです。それで今勤めてる観光案内所に入ったんですけど、やっぱり不安定で、婚活もしてました」

「婚活？」

意外な言葉に、秀晃は聞き直してしまった。

「ええ。婚活パーティに何度か行ったぐらいですけど……。私、両親も家も無いし、兄も頼れなくて、心細くて、家族が欲しくて……正直、生活の安定目当てっていうのもあります。ひとりで生きていくのが大変だって、痛感しましたから」

　そんなときに、友和と再会したのだと月子は言った。

「弟の俺が言うのもなんだけど、あいつ、おとなしいし……頼りないだろ」

「でも、そういうところも好感度高かったんです。結婚するなら、こんな穏やかな人がいいなって思ってたから……。私、地元に帰って、同級生と不倫してたんですけど、女を従わせないと気がすまない人で、暴力を振るわれたこともありました。京都に戻ってからも、彼氏みたいな人はいたけど、女癖悪かったり、借金があったりで……男運、悪いんですよ」

　そう言って首を傾けた月子の口元が嗤《わら》っていたのは、自嘲《じちょう》のつもりだろうか。

「それに、社長……秀晃さんに、また会えるかもなんて、実は期待してたんです」

「俺に？」

「憧れの人でした。一緒に仕事して、すごく勉強になったし、楽しかった。奥さまとお子さんと仲がいいのは知ってたし、同じ職場だから告白しようとは思いませんでしたけど……。だから、友和さんと再会したときに、社長と何かまた縁があればいいなって思って約束を取りつけたのは、私のほうです」

月子がそう言って、恥ずかしそうにうつむいたときに、秀晃はもう目の前の女への欲情を止められずにいた。

そのあと、どういう会話の流れだったかは覚えていない。けれど、もうふたりとも気持ちは同じ方向に向かい、食事を終えて車に乗り込み、まっすぐにホテルに向かった。

部屋に着くのを待てずに、駐車場で、エレベーターで秀晃は月子を抱きしめ舌を潜《もぐ》り込ませるキスをした。そうして部屋に入るなり、月子が秀晃の股間を欲しがったのだ。

月子は跪いて、奥まで肉の棒をくわえ込み、じゅるじゅると唾液を溢れさせながら、出し入れをはじめた。

「うぅ……」

思わず秀晃の声が漏れたのは、唇の中の粘膜をぴったりと男の肉に沿わせながら動かす月子のやり方が絶妙だったからだ。

しばらく舐《な》めたあとで、月子が口を離し、「もう、私も、すごいことになってる」と言った。

秀晃は月子の服を脱がせ、ベッドでうつ伏せにし、膝を立てさせた。

「恥ずかしい」

抗《あらが》うことなく秀晃に従った月子の尻の穴のすぼまりと、その下の襞が重なり合っている部分がまる見えだ。重ねられた年齢と共に熟成されて茶褐色になったその部分を覆う肉は、片方が大きめで、その非対称の様子が淫猥だった。

秀晃自身も裸になり、指を股間に伸ばすと、月子の言うとおり、そこは十分に潤っていた。

「俺の咥えただけなのに、こんなに濡らして」

「だって……私、ずっと欲しかったんだもん。社長のこと、好きだったから」

月子が泣きそうな声でそう言うので、秀晃は愛《いと》おしくてたまらない。

更に指を伸ばすと、重なり合った肉襞の先端の粒はすっかり剝《む》き出しになっている様子だったので、指の腹で軽く叩《たた》く。

「いやっ！　そこはダメぇっ！」

月子が足を閉じようとしたので、秀晃はぐっと股の間に手を入れ、人差し指と中指で、月子が一番感じる粒を挟んだ。

「や……」

月子の尻が震え、秀晃の手が秘苑《ひえん》から漏れる滴りで濡れる。しばらくそこを撫《な》でまわしていたが、月子の「もう我慢できない。許して——入れてください」という言葉で、秀晃はさきほどより屹立《きつりつ》していた肉の棒を後ろから月子の襞に突きさした。

「あ——」

月子は身体を反らせ、叫び声をあげる。

「すごい……」

その言葉が嘘《うそ》ではないのは、月子の粘膜から溢れる液体の豊かさでわかる。秀晃が出し入れする度に、粘液が纏《まと》わりつき、にちゃにちゃと音が聞こえる。

「いやらしい音がする。濡れてる」

「だって……社長が、すごいから……。こんないやらしい人だったなんて……」

いやらしいのはおまえのほうだと秀晃は口にしたくなった。

まさかこんな淫らな女だとは、八年前は知らなかった。

月子は尻を上げたまま、顔を枕に埋め、両手でシーツをつかみ、断続的に声を出している。上司と部下でいた頃、一度も聞いたことのない甘い声だった。

——いきなり咥えてきたことと言い、この女は「すきもの」らしい——秀晃はそう思うのと同時に、身体に熱が帯びるのがわかる。

さきほどのフェラチオも、巧みだった。男のものが好きな女だ。咥えるのは嫌いだけど、仕方なくという女も多いが、月子は違う。

「社長……私が上になっていいですか」

秀晃のペースがゆっくりめになると、月子が息も絶え絶えといったふうに、そう呟《つぶや》いた。

一旦、男根を抜いて、秀晃が仰向《あおむ》けになると、その上に月子が跨《また》ろうとする。

「上になるのが、好きなのか」

「……男の人の顔がちゃんと見えるから。社長の顔、見たいんだもん」

そう言うと恥ずかしそうに目を逸らしながら、太ももを広げ、秀晃の男性器に手を添えて先端をあてる。

「あ――」

声を出しながら、月子はゆっくりと腰を落とす。ずぶずぶと自分の男性器が温かい粘膜に包み込まれていく感触があった。

「社長のが、私の中に入っていく――」

「社長の、何がだ?」

「いや……」

月子は恥じらいを見せながらも、蟹股《がにまた》になり繋がっているところを見せつけるように上下に動きはじめた。秀晃が顔を起こすと、自分の性器が月子の身体に出はいりしているところが見える。月子の陰毛は薄かった。きちんと処理しているのか、広がりはなく、楚々《そそ》としている。子どものような割れ目までしっかりと見えた。

秀晃が舐めるように視線を上に移すと、たぷんと揺れるふたつの大きな乳房があった。服の上から見て大きいとは思っていたが、脱ぐと予想以上だ。白くたわわで年齢に即して下垂気味なのがいやらしい。

形の整った乳房は見かけは綺麗《きれい》だが、ふれるなら、重力に従ったこういう乳房のほうがいい。男が女の肉体に求めるのは、柔らかさなのだから。

先端の乳首の色も、肌の白さにつりあう薄い桃色だった。乳首は小さく、まさにさくらんぼのようだ。それでも興奮して硬くなっているのはわかる。

「社長のが、あたってる」

「どこに？」

「私の、奥に。子宮の入り口」

この女が、今までどんな男とつきあってきたのかわからないが、性の悦《よろこ》びを知っているのは間違いない。自分の身体が、どこをどうすれば感じるのかを熟知しているから、自ら求め、動く。

　いい女だ――秀晃は改めて思って下から月子を眺める。セックスの悦びを知り、それを自ら楽しめる女は、そうはいない。月子のセックスは極上だ。

　それなのに、なんであの男と――秀晃は、ふと、そう問いかけたくなる衝動にかられた。なんで、あの、頼りない、男と。自分の義兄ではあるが、魅力的な男だとは思えない。けれど、もしかしたら、俺の見えない長所が――セックスがいいのだろうか。

　この女が結婚を望むぐらいなのだから――そう考えると、嫉妬心が湧き上がる。

「月子――そのまま身体を倒してくれ」

　秀晃がそう言うと、繋がらせたまま、月子がゆっくりと倒れ込んでくる。秀晃は月子の背中に両手を回し、力を籠《こ》めて、抱きしめる。

「社長……好き」

　月子がそう言って、唇を合わせてきたので、舌を入れると、月子の唇に挟まれた。

「ぁあっ！」

　月子が唇を離し腰を震わせたのは、重なり合いながら、秀晃が強く腰を突き上げたからだ。

「いいっ！　あたってる！」

月子の目に涙が溜《た》まっているのが見える。

「俺のこと、好きだったのか」

「はい……ずっと好きでした」

「したかった？」

「……はい。だから、嬉しいです」

目を潤ませながら小さな声でそう言った月子が愛《いと》おしくて、秀晃は更に腰を激しく動かす。

俺だって、まだまだできるんだぞ——。

そうやって、自分の力を誇示するかのように。


月子と秀晃は最後は正常位になって果てた。月子は「イくーーーっ」と咆哮《ほうこう》をあげ、身体を震わしながら秀晃に縋《すが》りついてきた。

秀晃が身体を離し、月子の隣に横たわると、月子が「どうしよう」と呟いた。

「すごくよかった……どうしよう」

それはこちらの台詞だと秀晃も思った。「どうしよう」という言葉の意味もわかる。

射精して、冷静さが戻ってくると、この女は義兄の婚約者なのだという事実が重くのしかかってくる。最初からわかっていたのに、抱かずにはいられなかった。それは月子とて同じだろう。

自分たちはとんでもないことをしてしまったのだ。

けれど——どうしようと月子が口にしたのは、自分も同じだが、これを一度で終わらせ、何もなかったように今後過ごす自信がない。

きっと俺はまたこの女を抱く——秀晃はそんな確信を抱いていた。


「おかえり」

「まだ起きてたのか」

ホテルから最寄《もよ》りの駅まで月子を送り、秀晃が自宅に戻ると、妻の佳織がパジャマ姿で温めた牛乳の入ったカップを手にして台所にいた。

十二時を過ぎているから、妻はいつものように寝ていると思っていた。

妻には、会社の部下と飲みに行くので遅くなると言っていた。月子とて、「元部下」なので、嘘ではない。

「恵梨香《えりか》とチャットしてたら、こんな時間になっちゃった。時差があるもんね」

恵梨香はニューヨークに留学している長女だ。ふたりはよく、インターネットでやり取りをしている。

「恵梨香にね、『源氏物語《げんじものがたり》』のこと聞かれたの。外国で結構、好きな人もいるらしいの」

「『源氏物語』を？」

そういえば、妻の佳織は学生時代に『源氏物語』を題材にした漫画に嵌《はま》っていて、京都にある源氏物語ゆかりの場所にも詳しいということを秀晃は思い出す。

「『源氏物語』に登場する女性たちを研究してる友だちがいるんですって」

「アメリカ人で？」

「そう。日本文化と日本文学に興味があるって、恵梨香と仲良くしてくれてるみたい。恵梨香もね、藤壺宮《ふじつぼのみや》や紫の上《むらさきのうえ》、六条御息所《ろくじょうのみやすどころ》は何となく知ってるけど、朧月夜《おぼろづきよ》について私に聞いてきたの」

「朧月夜……俺も知らないな」

秀晃自身は、『源氏物語』は教科書に載っていた程度の知識しかなかった。

「朧月夜は、光《ひかる》源氏の腹違いの兄の朱雀帝《すざくてい》の奥さんになる予定の人だったけど、光源氏といい仲になったのよね。しかも、入内《じゅだい》しても関係が続いて、それが兄の朱雀帝の母親の弘徽殿《こきでん》の女御《にょうご》……光源氏の継母《ままはは》の怒りを買い、そのせいで光源氏は京都を離れ須磨《すま》に移り、そこでまた明石《あかし》の方《かた》という女性と出会うの」

秀晃は息が止まりそうになった。

腹違いの兄の妻になる予定の女と関係する弟……まるで自分ではないか。

佳織が全てを知って、わざと言っているのかと、顔から血の気が引いていった。

「恵梨香の友だちね、光源氏の奔放な恋愛と倫理観の無さがすごいし、それが日本を代表する古典文学だとされているのにも興味があるんだって。まあ、確かに、冷静に見れば光源氏ってひどい男だものね。義理の母やら義理の兄と結婚する女性に手を出すって、節操が無いのにもほどがあるわ。私も恵梨香に説明するときに、話しにくかったもの。そんな男にひっかかるなって言っちゃった。光源氏って、顔も育ちもいいし、魅力的だったとは思うけど、客観的に見たらクズだから、恵梨香もモテる男には気をつけなさいって。恵梨香、笑ってた」

そう言いながら、佳織も楽しそうにクスクス笑っているので、秀晃は自分の考え過ぎだと安堵した。

「あと、お義母さんから電話あったの。ほら、お義兄《にい》さんの結婚の件で」

義母は遠慮があるのか、秀晃の携帯電話に直接かけてくることはない。いっそ嫁である佳織のほうが話しやすいのか、用事があるときは、家の電話にかけてくる。

「半年後ぐらいには式と披露宴をする予定だけど、都合の悪い日はないかって。そんな先のことわかんないけど、いつでもいいとは言っておいた。いまどき珍しく、きちんと式も披露宴もするのね。京都市内のホテルを探してるんだって」

「……兄貴は大事なひとり息子だからな。次期社長の結婚披露宴は、豪華になるだろう」

秀晃はそう口にした自分の言葉に、皮肉が混じっているのを自覚していた。義母に対して不満はないが、所詮、血の繋がった息子は友和だけで、自分は愛人の子なのだ。いくら自分のほうが優秀で、頼りない義兄でも、「式田観光」の次期社長は、義母からしたら友和しかありえないのだ。

そんな状況自体は受け入れているはずなのに、たまに、自分のほうが明らかに優秀で仕事もできるのにと、理不尽な感情がこみあげてくることはあった。

やはり、血の繋がりに勝るものはないのは、納得しているつもりなのに。

「お嫁さん、あなたは会ったんでしょ？　どんな人？」

「どんな人というか……感じのいい人だったよ」

妻は友和の婚約者の月子が、かつて秀晃の部下であったことを義母から聞いているのか判断できず、当たり障りのない言葉しか口にできない。

後ろめたいことがないなら、もっとどんな女か話せもするのだが――。

「結婚式までに一度ぐらいはお会いしたいわね。義理の姉妹になるんだから、仲良くしたいもの」

「……風呂入る。疲れた」

秀晃は妻の言葉を聞き流すふりをして、そう言った。

「私がさっき入ったところだから、まだ熱いはず」

「わかった。先に寝ててくれていいよ」

「うん。おやすみ」

佳織は欠伸《あくび》をして、そのまま部屋から出ていった。

秀晃は冷蔵庫からビールを取り出し、口にする。月子の話題が出て、平静ではいられない。アルコールで気持ちを落ち着かせたかった。

服を脱ぎ、風呂に入ると、さきほどまで月子の身体の中にあった自分の男性器がしなびていて、秀晃は思わず手にとって眺めてしまった。

「恥ずかしいよぅ……」

そう言いながらも、月子は股を閉じようとはしない。秀晃は、月子が羞恥心《しゅうちしん》で燃える女なのは最初の逢瀬《おうせ》で気づいていた。

ふたりきりで会うのは、二度目だった。この前と同じホテルで、半月後に会った。月子のほうが、あのあと「相談があるので、会っていただけませんか」と連絡をよこしてきた。相談など口実なのは、承知の上だ。秀晃だって、月子と再び抱き合う言い訳を探していた。

今度はホテルに入ってからキスをして、服を脱いだら秀晃は月子を仰向けに寝かせた。両脚をぐっと開かせ、その狭間《はざま》に潜り込む。

この前は、じっくり見られなかったから、明るい光の中で、月子の秘部を観察したかった。

「綺麗だよ」

本音《ほんね》を口にした。肉襞は相変わらず片方が大きく、陰毛が薄いので、合わせ目の上の真珠の粒も露わになってはっきり見える。まだふれてはおらず、見ているだけなのに、襞の奥からは練乳のような白く濃い液体が溢れていた。

「月子が、こんな可愛いおまんこだなんて、知らなかった」

「やぁ……」

秀晃の言葉に感じているのか、腰が浮く。

「食べちゃうよ――」

秀晃はそう言って、顔を埋めた。鼻の奥まで、酸味を帯びた女の匂いが入り込んでくる。

舌を伸ばし、縦の筋からミルクを舐めとるように下から上へと舐め上げると、月子は声をあげて腰を動かしてきた。

両手で月子の足をつかんで動けなくして、秀晃は何度か舌を上下させたあと、先端の粒を舌で押す。

「いやぁっ!!　そこはだめぇっ!」

月子の腰の震えが激しくなり、声も大きく部屋中に響き渡る。

「やっぱりここが一番感じるんだな。自分で触ったりもするのか」

「そんなこと……」

「答えないと、強く吸うぞ」

「それはだめ……」

月子が泣きそうな声で懇願《こんがん》する。

「自分で、ときどき、さわります」

「セックスしても、さわるのか」

「うん、思い出したりして……」

「俺のこと考えてさわることもある？」

「……この二週間は、毎日、社長で、してた」

その言葉を聞いて、ご褒美と言わんばかりに、秀晃は唇で粒を含んで軽く吸い上げてやった。

「イくっっ!!」

月子は痙攣《けいれん》と同時に、襞の奥から熱い液体を噴射した。


二度目のセックスは、最初に口で気をやったせいか、月子もタガが外れたように、その後も大きな声をあげて感じ続けていた。

あらためて、こんなに反応のいい女は滅多《めった》にいないと思う。いや、これが相性というものだろうかと秀晃は考えながら月子の中を突いた。

ふたりとも力を出し切ったように、ぐったりとベッドに汗がひかないままに横たわっている。シャワーを浴びて帰らないといけないのに、離れたくないと肌は合わさったままだ。

「社長……秀晃さん」

「社長のままでいいよ」

そう言いながら、秀晃は月子の頬《ほお》にふれる。化粧は汗ですっかり流れ落ちてしまっているが、素顔は昔の幼さが残っていて、それもまた愛らしい。

「私、結婚したら、社長と同じ名字になるんですね。式田って」

「そうだな」

「式田月子、か……」

不思議な感覚だった。今、この腕の中で眠っている女が義理の姉になるのは。

「お義母さんは、子どもを欲しがってるんです。でも、私、三十六歳だから、作るとすればすぐに頑張らないといけないな」

秀晃は義母の顔を思い浮かべた。義母からしたら、血の繋がった孫は猛烈に欲しいだろう。自分の娘たちに対しては、やはりどこか距離があったのは当然だ。

「子どもが欲しくないわけじゃないけど、どうしてもというほどでもなくて……。社長のところは、すぐにお子さんできたんですか？」

「そうだったな……あいつが欲しいと言い出したら、わりとすぐだった」

秀晃は、妻の顔を思い浮かべた。もう長くふれていないが、かつてはお互い抱き合った男と女であったのだ。

「友和さんも、子ども欲しがっていて……でも」

「でも、何だ?」

「……正直、年齢のこと以前に、もともと淡泊な人なんです。奥手だし……私のほうからいろいろしないといけないから、疲れちゃって。女性経験も少ないみたい」

じゃあ、何でそんな男と結婚するんだと、秀晃は口にしかけて、やめた。

結婚はセックスの相性だけではない。どうせ、ほとんどの夫婦が自分たちのように、時間が経つとセックスしなくなるのだから。

義兄はあんな男で、セックスさえも受け身なのだろうが、それでも優しくて穏やかで、害がないところは結婚相手としては落ち着くのかもしれない。秀晃は月子の話に優越感を得ていた。義兄よりも、自分のほうがセックスもいいのだと、月子の言葉で確信を持った。

「仕事は、どうするんだ」

秀晃は聞いた。

「今、働いている観光案内所はもうすぐ辞めます。……友和さんもお義母さんも、外で働くよりも家のことをきちんとやって欲しいと望んでるから」

「そうか」

秀晃は、内心、もったいないと考えていた。月子は真面目で仕事のできる社員だった。聞けば、国家資格も取得したというし、英語だって話せる。

「仕事、好きなんですけどね。働いて成果出したり、人に喜ばれると、必要とされてるなって思えるから。でも、仕方ないか」

結婚をやめるという選択肢はないのか――秀晃は思わず、そう口にしそうになった。

自分がそんなことを言えるわけがないし、一番言ってはいけない立場だ。

秀晃自身が、何も捨てられないのだから。


月子との逢瀬は、その後も繰り返された。二週間に一度のこともあれば、一週間に一度のときもある。出張と称して、月子と一泊旅行に行ったこともあった。

結婚してしまえば自由にならないのだから、今しか抱き合えない。

かと言って、月子が兄の妻になってしまってもきっぱりとこの関係を切れる自信もなかった。

「社長のがよすぎて……友和さんとしても、物足りないの」

そんなことを言われもした。

抱く度に、月子は秀晃の身体に馴染んでくる。何度抱いても飽きず、もっともっと貪りたくなる。秀晃も月子も、お互いの身体をどこがどうしたら感じるのか肌を重ねるごとに知ってゆく。

いつ、この関係を、どうやって止めたらいいかわからない——。


「よかった。いたんだ」

秀晃が自社の社長室で書類の確認をしていると、友和が入ってきた。

「いきなり、どうした」

「急ぎの書類があって。さっき主任に渡したけど、ここまで来て挨拶しないのもなんだからと思って」

事務員が冷たい麦茶をテーブルの上に置き、秀晃と友和はソファーに向かい合って顔を合わす。秀晃は父親似だが、友和は母親似なので、全く似ていない。

「自ら来ることないだろう。次期社長なのに」

「いや、外に出る口実。たまにはサボりたいんや。一日中会社にいたら息が詰まるやろ」

そう言って、友和は汗をハンカチで拭いて、目の前の麦茶に口をつけた。

「結婚式と披露宴の招待状も、今、リスト作っているから、そのうち届くわ」

友和は、いつになく饒舌《じょうぜつ》で自分から話をしてくる。普段は他人に気を使わせるほど無口なのに。

月子との結婚披露宴は三ケ月後に迫っていた。月子は既に仕事を辞めたとは聞いている。住むのは、実家の近くのマンションを契約したのだとも。

「そうか、あっという間だな」

秀晃はそう口にしながら、月子の顔を思い出していた。

「うん。そやからな、秀晃、そろそろやめてくれへんか」

「――何をだ」

「月子との関係や。他にないやろ？」

友和はいつものとおり、抑揚のない口調で話している。表情も、変わらない。怒っているようには見えないが、笑っているのでもない。

「意味がわからん」

「しらばっくれても無駄や。お前は昔から、俺のこと鈍くて馬鹿だと舐めてるけど、自分が結婚する女の行動ぐらい、把握してるわ。実家で顔合わせしたあと、お前のメールアドレスを聞いてきて、月子の態度が何となく落ち着かへんから、最初から疑ってたけど、お前が出張に出てるのと同じタイミングで月子が旅行に行ったのが決定的やったな」

友和は淡々と語り続け、秀晃は知らないふりをどこまで続けられるかと考えて言葉を探していた。

「月子にはまだ話してへん。母さんにも、父さんにも――佳織さんにも」

「佳織には――」

「俺も、秀晃にはこっちの会社上手くやってもらって感謝してるから、家庭を壊すようなことはしたくない。第一、こんなの、母さんが知ったら、怒り狂うだろう。もう母さんもいい年だから、悲しませたくないんや」

友和の言うとおりだと秀晃は思った。誰よりも秀晃に対して怒るのは、義母だ。たったひとりの血の繋がった息子の結婚相手に手を出すなんて、と。

そもそも、秀晃は義母が妊娠中の父の浮気でできた子だ。「子どもには罪はない」と育ててはくれたけれど、秀晃の母に対しては相当な恨みも実のところはあっただろう。その子が自分の息子の妻となる女と関係していたら――許されるわけがない。

もし、耳に入ったら、自分の今の地位も失われる可能性がある。義母は会社の経営に関しては、父と同等に、いや、それ以上の権限を持つ。

七十歳を過ぎた父親を悲しませるのも胸が痛む。妻も、そして娘たちだって嫌悪感を抱くだろう。よりにもよって、義理の兄の婚約者と関係するなんて――。

「どうすればいいんだ」

「月子とは手を切ってもらう。俺は彼女と別れたくない。秀晃なら一番わかってくれると思うけど、月子は、いい女やろ。子どもを産んでもらうには急がないといけないから、揉《も》めたくもない。だから、潔く離れてもらわないと」

そう言って、友和はにやりと、笑った。

いやらしい笑顔だとしか、秀晃には思えなかった。おとなしい、覇気《はき》がないと思っていた義兄は、こんな男だったのか。

「それと……今後、俺が社長になったら、何かとお前には助けてもらう。俺が頼りないから、秀晃を社長にとか言っている連中もいるのは知ってるけど、そういう奴《やつ》らには辞めてもらわないとな。お前の会社は、これから俺のために、融通を利かせてもらわなくちゃならない。優秀な人材は、うちに移籍してもらおうか。それぐらいしてくれても、ええやろ。自分の家族を守りたかったらな。あと、今回のことを内緒にする代わりに、手切れ金もらえないかな。精神的苦痛を受けた慰謝料や。結婚式と披露宴でいろいろ物入りなもんでね。副社長とはいえ、社長になるまでは、自由になる金も限られてるんや」

弱みを握られたのだと、秀晃は理解した。愚《おろ》かだと思っていた義兄が、自分の今後の人生と会社を、我が物にして動かそうとしているのだ。

秀晃は、妻から聞いた、源氏物語の「朧月夜」の話を思い出した。

光源氏は、義兄の妻となる女との関係のために継母の怒りを買い京都にいられなくなる――。

「結婚披露宴には、佳織さんだけでなく恵梨香ちゃんたちも来てもらえると嬉しいな。賑《にぎ》やかになる」

そう言って、友和は楽しげな笑みを浮かべた。

「すごい――社長――今日は、どうしたんですか」

別れを告げるつもりで月子と会っていた。車の中で話をするつもりが、気がつけばいつものホテルに入り、いきなり抱きしめ唇を吸ってしまった。

これで最後だ、別れ話をしなければいけない――そう思っているはずなのに、月子の姿を見た瞬間、頭より身体が先に動く。

今日もシャワーも浴びずに、月子の服を脱がすのさえ億劫《おっくう》で、下着だけ剝がし、そのままベッドに押し倒し挿入した。

乱暴なやり方だと思ったが、ふれずとも月子は十分に潤っていて秀晃を受け入れた。

「いつもより……すごい……」

溢れる粘液が奏《かな》でる音と共に、月子がそう声を漏らす。

泣きそうな表情で喘《あえ》ぐ月子を、秀晃は腰を動かしながら見つめている。

光源氏のようになるのはごめんだ。仕事も家庭も失って、どこかに流されるなんて、この年齢では再起不能だ。何より、ふたつとも自分が今まで築いてきたものだ。だから、別れるという選択肢しかないはずなのに――。

「すぐにイきそう……」

月子はそう言って、秀晃の背中に手を回してくる。こうやって、セックスのときは全てを自分に託してくれるが、この女だとて、安定した生活を約束する友和との結婚を止《や》める気など、ないのだ。

お互いが覚悟のない、ずるい関係だ。だから、切るしかない。こんな形で二度と会わないと決めなければならない。

「ずっとこうして月子と抱き合っていたい」

なのに、口から出るのは、別れとは裏腹な言葉だ。

身体が、月子を欲しがっている。離れたくないと言っている。月子を求めている。

俺は、自分が思っていたよりも、愚かな男だった——。

かつて出来の悪い義兄だと、密《ひそ》かに見下していたはずの友和が、自分を嘲笑しているあの笑みが、秀晃の脳裏に浮かぶ。

いくらベッドの中で月子を悦ばせても、その女は俺のものだと優越感を漂わせる笑みを浮かべた、義兄の顔が。

「イく……」

月子の襞が秀晃の肉の棒をくるんだまま痙攣をはじめ、秀晃は愛おしげに唇を吸い、義兄の妻になる女の身体を強く抱きしめた。

藤壺

紫草《むらさき》のにほへるいもを　にくくあらば　人妻ゆゑに　我恋ひめやも――そんな歌もあった。

古代より、紫は高貴な者が纏《まと》う気品ある色とされてきた。

はじめて会ったときに、あの人が纏っていた身体《からだ》に張り付いた藤色のニットのセーターの、まさに匂うような品と漂《ただよ》う色香以上に惹《ひ》かれるものを俺は知らない――。

職業が高校教師だと知ると、「女子高生となんかいいことあるんじゃないか？　羨《うらや》ましいなぁ」とにやつきながら言ってくる男は少なくない。それに対して、「生徒に手を出すなんて御法度《ごはっと》だし、そういうふうに見られないから」と答えても、信じてもらえない。

そんなに皆、若い女が好きなのかと、平本正太《ひらもとしょうた》は年を取るごとに周りに対して不思議に思うことが増えた。

教え子に対して「そういうふうに見られない」というのは本音《ほんね》だ。確かに女子高生は肌が綺麗だし、無邪気で素直で可愛らしいけれど、性的には全く関心を持てない。

自分は三十六歳になるが、周りの男たちが娘と言っていい年齢のアイドル等に興味を持つのも理解できなかった。教え子にいやらしい視線を向けている同僚がいるのも知っている。

若い娘の何がいいのかと聞くと、「肌もピチピチだけど、初心《うぶ》なのがいい。未成熟だから、俺好みにできるだろ」と返されて、呆《あき》れてしまった。

だいたい、若いから未成熟だ、初心だというのが間違いだ。今どきの娘なのだから、そこそこ男女交際したり盛り場でうろついている子がいるのも知っている。それでも彼女たちは、やはり幼い。そして自分は、その幼さに魅力など感じない。

正太は女の魅力は色艶《いろつや》だと思っていた。それは年齢と共にある程度の経験を経てかもしだされるものだ。「熟女好み」と言われるが、ロリコンよりはよっぽどマシだ。

そんな正太がまだ独身なのは、生真面目《きまじめ》さと積極性のなさが原因だ。見かけもパっとしない。やせ気味の身体に眼鏡《めがね》、いかにも教師っぽくダサいと、以前、お見合いした女性から断る理由として言われた。大学時代は国文科で周りは女性ばかりだったが「友だちとしてはいいけど、恋愛対象にはならない」と言われ、卒業して教師になってからは出会いもなかった。先の件も含め何度かお見合いもしたが断られたし、正太のほうも積極的に結婚したいと思う相手とは出会えなかった。童貞ではない。短いつきあいなら二度ほどしたたし、風俗にも行っている。ただ別れるときにいずれの場合も「私のこと好きじゃないでしょ」と言われてしまったが、確かに執着はなかった。

自分は男として地味だし魅力もないと自覚している。けれどそれはずっと父親譲りだと思い込んでいた。

父の平本学《まなぶ》も国語の教師だった。母親は正太が小学校に入る前に病気で亡くなり、祖母と父の手によって育てられた。祖母は十年前に他界して、それからは京都の五《ご》条河原町《じょうかわらまち》近くの古い一軒家に父と息子のふたり暮らしだ。

自分と父親はよく似ている。眼鏡で地味な顔立ち、「優しそう」と言われることはあっても男性的ではない。休日も家の周辺を散歩したり寺めぐりをするぐらいしか趣味はなく、正太の知る限り、父に女っ気は一切なかった。

だから、父が定年退職した二年前、藤色のニットのセーターを着て、肩までのふんわりした巻き髪の、色が白く丸顔の女を「彼女と再婚する」と家に連れてきたときは、何事が起こったのかわからず、しばらく呆然《ぼうぜん》としてしまった。

父の連れてきた女性は、藤乃《ふじの》という名だった。正太より三つ上で、初めて会ったときは三十六歳だった。

初対面なのに、どこかで会った気がする——そう思ったのは、写真でしか見たことのない自分の母によく似ているからだと、すぐに気づいた。

「教え子だったんやけど、去年、哲学の道を歩いているときに偶然ばったりと再会してな。すぐにはわからんかったけど、藤乃くんのほうから『先生、お久しぶりです』って話しかけてくれたんや」

藤乃は高校を卒業してから働いていたが、両親の介護で仕事を辞め、結婚する機会も逃したという。今は両親とも亡くなって介護施設でパート勤めをしながらひとり暮らしをしているらしい。

白くて艶やかな肌、薄桃色の紅《べに》が引かれた唇はぽってりと厚みがある。切れ長だが丸い目は潤《うるお》い、ふっくらとした胸元がセーターを盛り上げている。首から胸元にかけて真っ白で、輝きを発しているかのようだ。

こんな艶やかな女がひとりもので——いや、自分の父親のようなパッとしない男と結婚するというのが、にわかには信じられなかった。

「いたらぬところはありますけど、よろしくお願いします」

藤乃がそう言って頭を下げて身体をかがめたときに、胸元からむっちりとした乳房が作り出す谷間が見えた。


「いづれのおんときにか。いとやむごとなききわにはあらぬが——この『源氏《げんじ》物語』の冒頭は大学入試にもよく出るから暗記しておくように」

教壇に立つ正太がそう言うと、クラスの何人かはペンで教科書に線を引いている様子が見えた。もっともほとんどの生徒は退屈そうにしているし、寝ている生徒も少なくない。

だからと言って腹を立てる気にもならない。自分だとて、学生時代に学んだ古典はおそろしくつまらなかったし興味も持てなかった。特に『源氏物語』などは、理解しにくいだろう。

身分も高く顔もいい非の打ちどころのないひとりの男が、いろんな女性と恋愛する話だ。未《いま》だに『源氏物語』の面白さはわからない。だいたい、主人公の光《ひかる》源氏という男が出来過ぎて鼻につく。それにきちんと読むと、女の扱いが結構ひどい。それでも見栄《みば》えの良さなどの条件の高さで許されている光源氏に同性として好感は持てない。

ただ、ひとつだけ共感できるとすれば——義母である藤壺宮《ふじつぼのみや》への執着だ。光源氏を産んで亡くなった母そっくりの藤壺宮に源氏はずっと恋い焦《こ》がれ、ある日我慢できず無理やり犯す。それからは義母と源氏は罪の意識に苦しむ——。

嫌がる藤壺宮を無理やり犯すのはどうかと思うが、結局、様々な女を貪る男が一番焦がれているのが義母だというのはわからないでもない。マザコンと言ってしまえば簡単だが、言うなればほとんどの男はマザコンだ。

義母——初めて会ったときから、正太は父の妻である藤乃の面影が離れなくなった。父の再婚を機に近所のマンションを借りてひとり暮らしをはじめたが、一週間に一度は、藤乃が「外食ばかりだと栄養が偏るから」と、食事に招いてくれる。

藤乃は料理も上手《うま》かった。母のいない家で、祖母の料理を食べて育ち、祖母が亡くなってからはスーパーやコンビニで買ってきたものか外食で済ませていた正太は、初めて藤乃の料理を食べたときに、あまりの美味《うま》さに父親が呆れるぐらい平らげてしまった。

豆腐の味噌汁《みそしる》、白飯、自家製の漬物、大根と豚肉の煮物、きのこの入った白和え、青菜炒《いた》めと、ごくごく普通の家庭料理だったのだが、今まで食べたことのないぐらい美味だった。

「そんなに美味《おい》しそうに食べてくれると嬉《うれ》しいわ。毎日でも食べにきてや」

藤乃は笑ってそう言ってくれたが、さすがに毎日というわけにはいかない。

長い時間、一緒にいたら、この美しく艶やかな父の妻の前で平気でいられる自信はなかった。

まさに、光源氏のように欲情を堪《こら》えきれなくなってしまうのではないか。


「物騒やから泊まりに来てくれへんか」

父親に電話でそう頼まれたのは学校が夏休みに入った直後だった。生徒は夏休みとはいえ、教師は何かと用事があり暇《ひま》ではないが、授業がないだけ気楽だ。

彼女も妻もいない独身の身分、どこか旅行に行く計画でも立てようかと考えていたときだった。

「この前、藤乃が危ない目にあったんや」

義母は週に二度、結婚前と同じく介護施設にパート勤めをしている。その飲み会に参加した帰り、駅から誰かに後をつけられていたというのが父の話だ。

「最近ほら、この辺も物騒やから。夏で女性が薄着になるから変な気を起こすやつもおるんやろうな」

父によると、女子大生が痴漢に遭遇した事件もあったらしい。近所で下着泥棒が出たという話も聞く。

確かに先日、正太のマンションにも警察が訪ねてきて職業等を聞いてきた。こうして一軒一軒訪問して怪しいやつがいないか身元調査をしているのだろう。

父は昔の同僚との同窓会を兼ねた旅行で北陸の温泉地に一泊するので、その夜だけ泊まりに来てくれと頼むために電話をかけてきたのだ。

「一泊やし、家にいて鍵をかける分には大丈夫だと思うんやが、藤乃がこわがってるんや」

断る理由はなかった。自分にたいした予定などないのは、父も承知だ。

「正太のために料理の腕をふるうのが楽しみやって言ってるから、頼むわ」

そう言われて、「わかった」と、答えるしかなかった。

揚げ茄子《なす》のお浸《ひた》し、肉味噌の載った素麺《そうめん》、鶏の手羽元とゆで卵を酢で柔らかくした煮物、豚しゃぶのサラダと、食卓に彩りよく並べられた夕餉《ゆうげ》を見て、正太は緊張がほぐれたのもあり、大きく息を吐いた。

「張り切って作り過ぎたかもしれへんけど、正太さんに美味《おい》しいもん食べてもらいたかってん」

藤乃は薄紫のノースリーブのブラウスに、膝上の黒の薄い生地のフレアスカートで、ストッキングは穿《は》いていない。

髪の毛をまとめているので、後ろを向くと汗に濡《ぬ》れた後れ毛がうなじに張り付いているのにドキッとした。

「お腹空《なかす》いてるから、ありがたいです」

そう言って正太が箸を手にすると、藤乃は「よかった」と言って笑った。

夕方、この家に来たときから正太は緊張していた。藤乃とふたりきりになるなんて初めてのことだ。今まで、父親と三人で食卓を囲んでいても、藤乃と目を合わせられなかったぐらいなのに。

けれど藤乃の料理はやはり絶品で、ビールを注《つ》いでもらい飲み干すと心がほぐれてくる。

「お義母《かあ》さんも、飲みませんか」

「そやなぁ、ちょっと、いただくわ」

正太は藤乃のグラスにビールを注いだ。「お義母さん」と呼ぶのは未だに少し抵抗がある。年齢が三つしか違わないのだから、しょうがない。

我ながらがっついていると恥ずかしく思ったのだが、正太はまたもや藤乃の料理をほとんど平らげた。

「美味しかった?」

「はい。お世辞抜きで、美味《うま》かったです」

「嬉しい。正太さん、ほんまに美味しそうに食べてくれるから作りがいがあるわ。両親が亡くなって、学さんと結婚するまでひとりで食べることが多かったから、自分だけの食事って気合いが入らへんで作るのつまらなかったんよ」

食卓の上の皿は片づけられ、藤乃が洗い場に立つと、正太が「手伝います」と声をかける。

「ええのに」

「いや、いつもやってることだから」

「それやったら遠慮なく。私が洗剤で洗うから、すすいでくれる?」

正太は藤乃の隣に立ち、藤乃から手渡された泡まみれの皿を水ですすぐ。すぐ傍《そば》に、藤乃の顔があった。正太のほうが頭ひとつ背が高いので、藤乃の白い首筋がよく見える。

「正太さん――」

「はい」

「変なこと聞いてええ？　結婚する気、あらへんの？」

「……いい人がいれば。でも出会いもないんです」

「まさか、女性に興味がないなんてことはあらへんよね」

正太は「ないですよ」と答えてかぶりをふった。女性に興味がないどころか、今、隣にいる藤乃のうなじを見て胸の鼓動が激しくなっているぐらいなのだ。

「そうやんなぁ、まだ若いんやから……学さんと違って」

何か言いたげに藤乃が言葉を切った。

学さんと違って……父と藤乃は夜の生活はどれぐらいの頻度であるのだろうかというのは正太はふたりが結婚した当初から気になっていた。

藤乃は今、女盛りの三十九歳だ。ずっと独身だとしても、多少の男の出入りはあったのだろう。この女を男が放っておくわけがないと思うし、藤乃の色艶は年月と共に磨《みが》き上げられた木の年輪のように男の手によって作られたものだとしか思えない。

自分の教え子たちとは比べものにならない。潤いが声にも、肌にも、しぐさにも漂っている。

こうして隣に立つだけで、股間が疼《うず》いてしまうほどの――。

「学さん、今頃、温泉のコンパニオンと楽しいことしてるかもしれんわ」

藤乃が楽しげにそう言った。

「まさか、新婚なのに。それに親父《おやじ》は、生真面目な堅物で」

「でも北陸の温泉に男だけで行くなんて、それ目当てやで。たまにはそういうのも刺激があってええやん。ついでに言うと、生真面目な堅物だから、女に興味がないわけやないやろ。簡単に手は出さへんでも、頭の中はその分、いやらしい妄想で膨れ上がったりしてるんちゃうの」

まるで自分のことを言われているようだと、正太は戸惑い、藤乃から目をそらす。

「やっぱり手伝ってくれると早く終わって、助かるわ。お風呂、もう沸いてるから入って」

藤乃がそう言ってくれて、正太は興奮を抑えたまま風呂に向かう。

汗を流して湯船に入る。このあとで、藤乃が同じお湯につかるのだ。そう考えれば、藤乃に先に入ってもらい自分があとのほうがよかったのではないか――。

「何考えてるんだ、俺は」

頭を冷やそうと正太は冷たいシャワーを浴びた。

風呂を出ると父親のものだろうか、涼《すず》しげな麻《あさ》の作務衣《さむえ》が用意してあったので、それを身に着ける。

「お風呂、お先いただきました」

「私もすぐ入るわ」

正太がダイニングに入ると、はいと藤乃がビールを手渡してくれて、そのまま浴室に向かった。

ソファーに座り、ビールを飲んでげっぷを吐きながら、どうしても藤乃がさきほどまで自分がいた風呂場で身体を洗っている姿を想像してしまう。

あの豊かな胸の下も、夏はさぞかし汗ばむだろう。白くむっちりした太ももの狭《はざ》間《ま》も汗で蒸れているだろうから……指で洗うと変な気分にならないのだろうか——。

どう気をそらそうとしても、藤乃のことを考えずにはいられない。仕方ない、この家で今晩はふたりきりなのだから。

「いいお湯やったわ」

藤乃が風呂からあがり、冷蔵庫からビールを取り出してこちらに来る。

薄紫色の地で、蜻蛉《とんぼ》の柄の浴衣《ゆかた》だ。胸元がこんもりと盛り上がって谷間が見えている。正太は目をそらそうとするが、藤乃は当たり前のようにソファーの隣に腰を沈める。

自分と同じ石鹼《せっけん》の匂いが漂っている。湯上がりで化粧気のない肌が上気して頰《ほお》が染まり、いつもより幼く見える。

正太は無意識に、藤乃の匂いを大きく吸い込んでしまい、ごくりと喉《のど》を鳴らす。

「正太さん、仕事、どうやの？　高校生なんて半分子どもやけど、半分大人やから、いろいろ大変なんやない？　迫ってくる生徒とかおらへんの？」

「いえ……でも……僕は生徒に関心を持たれていないし……」

「学さんも同じこと言ってたわ。自分は堅物で面白味のない教師だったから興味持たれたことないって。でもな、それ気づいてへんだけやで。学さんが私の担任だった頃、その真面目そうなところが可愛いって言ってる子がおったもん。私も──授業で『源氏物語』を教わるやろ？　そのときは理解できひんかったし、むしろ光源氏って最低の男やし、その男に惚《ほ》れて翻弄《ほんろう》される女たちにも腹が立ってたんや。流され過ぎやし、自分の意思がないって。でも、なんだか、それで逆に『源氏物語』に興味を持って、高校卒業してから訳文を読んだりもしてん。私も高校のときは男の人とつきあったこともなかったし、恋愛なんてただ憧れるだけのものやったけど、それなりに今にいたるまでいろいろあったんよ……年を取ればとるほど、わかってくるんや。男と女の間に横たわる、どうしようもないものが。ダメな男とダメな女って、その『どうしようもないもの』に従ってしまう人種やねん。そやから魅力的なんよな」

藤乃の目がとろりととけたように潤んでいるのはビールのせいなのだろうか。足を組むと、浴衣の裾がはらりとほどけ、白い膝頭が剝《む》き出しになる。

「でも……義母さんは、ダメな女やないでしょ」

「なんでそう思うん？」

「ご両親の介護をされて……それに料理も上手でいい奥さんだ」

「表面上、取り繕《つくろ》うのは得意やで。でも、私は昔からだらしないダメな女やった……。『源氏物語』ですごく印象に残ってるのが、光源氏が藤壺宮を無理やり犯すやろ？」

「は、はい」

正太は緊張して身体に力が入る。まさに自分があの物語の中で唯一共感しているのは、義母に欲情する場面なのだ。

「拒んで、抵抗して、それでも犯されて……せやけどあれ、被害者ちゃうやん。だってあの関係は、一度や二度やないんやもの。藤壺はずっと義理の息子とはいえ男として魅力的な光源氏に惹かれてて強引に関係を持って……それでも本当に嫌ならそのあと拒めばいいのに、そうしぃひんかった。タブーを犯してまでもセックスしたかったたんや。それぐらい義理の息子とのセックスがよかったたんやろね」

藤乃はビールをグラスに注ぎ足して口をつける。

「……この年まで独身やったのは、私がだらしなくてダメな女やからやで。本当は結婚なんかに向いてへん」

「どうして、親父と結婚したんですか？　義母さんみたいな人なら、あんな冴《さ》えない男選ばなくても——」

酒の勢いなのか、正太は以前から気になっていたことを口にした。

「再会して、食事に行って、ついつい先生やっていう安心感なんか、他の人には話せない愚痴《ぐち》やいろんなことを打ち明けたんよ。両親の介護だって、大変で、本心では『早く死んでくれ』なんて思ったこともあったって……そしたら先生が『僕だって、妻を亡くして、どうして早く逝《い》ってしまうんだ。俺にだけ苦労背負わせやがってなんて恨んだことあるよ』って……『いい人』でいる必要ない、ダメなままの私を先生は受け入れてくれてん。そやから結婚したんや」

初耳だった。正太にとっても父親は、仕事一筋で自分を育ててくれた「いい人」だった。母親のいない自分を気遣ってくれたと思うし、遊んでいる様子はなかった。

「私はダメな女や。だらしないんや、男に。したいと思うと、我慢できひん。たとえそれがしてはいけない相手であっても――」

藤乃は首をそらしながら正太によりかかる。衿《えり》の谷間の白く輝くような胸元が汗ばんでいるのが視界に入る。

藤乃が足を組み替えると更に裾がはだけ、太ももが露《あら》わになる。ふれてくれと言わんばかりのむちむちとした太ももが。

正太は唇を嚙《か》みしめる。必死に抑えているつもりだが、胸の鼓動が波打つ音は聞こえてしまっているのに違いない。

「酔ってるんですか、義母さん」

「酔ったら、あかん？」

「……こういうのはよくないですよ」

正太の頭の中には、どうしても父の顔がよぎる。この家は、父と義母が暮らしている家なのだ。

「ダメな女やって、言うたやろ。だらしない女やから――」

藤乃の唇がふれる。やわらかい唇の狭間《はざま》からにゅるりと差し込まれる舌が口内を這《は》いずり回ると、身体の力が抜ける。脳みそがとろけていくようだ。

「いけない――」

藤乃の唇が離れたとき、そう口にしたが、身体は自分の股間にふれる義母の手を払うことができない。

「もう、硬くなってるやんか」

藤乃の用意してくれた麻の地の作務衣のパンツは柔らかな生地を通してこんもりと持ち上がっているのが言われずともわかった。

「先っぽが、お汁垂らしてるで」

ズボンを引き下げられ、パンツを盛り上げる肉の先端の布が溢《あふ》れ出た汁で汚れている。

「おもらしや。いけない子やなぁ」

そう言いながら、藤乃に下着まで下ろされ、既《すで》に破裂しそうな肉の棒が露《あら》わになる。

「だって……見せつけるから……」

「うちのせいにするん？　正太さんかて、ずっとうちのこといやらしい目で見とったやろ？　最初に会ったときから」

見抜かれていたのか——正太は目を瞑《つむ》る。そうしている間にも、藤乃は作務衣の紐《ひも》をほどいて、胸を開かせる。

そのまま藤乃は膝立ちをして、正太の薄い胸板の先端に唇を押しつける。

「ぁあっ!!」

声を出したのは正太のほうだ。藤乃が唇で乳首を挟みながら舌をそよがせた瞬間、身体が震えた。

「乳首、感じるんやね。可愛い声出して」

正太はかぶりをふった。今までこんなふうに我慢できずに声をもらしてしまったことなどなかったのに。乳首の快感だけではない、藤乃が胸のふくらみを股間に押しつけているからだ。

「こんなに硬くして……あかん子や……」

藤乃が自ら浴衣の衿をはだけると、大きなふたつの乳房がぷるんとはじけたように現れた。その豊かさと血管が透けるほどの白さに正太は目を見張る。

藤乃はいったん身体を離し、両手で正太の肉棒を挟み、指をからませる。爪は短く切りそろえられ、マニキュアは塗っていない。女の白い指が、筋張った肉の棒をぎゅっと締め付ける。

「まだ、溢れてるで」

そう言って、藤乃は唇から舌を出して、肉の棒の先端の透明の液をすくいとる。

「ダメだってば……」

身体はもうすっかり藤乃に従っているのに、正太はそう口にする。これではまるで女が嫌だ嫌だと言いながら男に身を委《ゆだ》ねているのと同じではないか。

「ええやんか」

そう言って藤乃はずっぽりと肉の棒を全て口の中にしまい込んだ。

正太は身体をのけぞらす。

藤乃は唇を密着させながら、ゆっくりと出し入れをはじめた。上下に動かしながら舌をまとわりつかせ、左手は肉の棒の付け根を押さえている。

「うぁあ……」

つい、声を出してしまう。こんなふうに丁寧に愛撫《あいぶ》されたのははじめてかもしれない。もし自分があと五年若ければ、既に発射してしまっただろう。

「義母さん――いや、藤乃さん……俺にも」

なんとか声を絞り出すと、ちゅぽんと音がして、藤乃が唇を離す。

正太は藤乃の身体を押し倒して、唇を重ねる。舌と舌をからませながら、藤乃にからみつく腰紐をといて、浴衣を押し広げる。

顔を離し、正太は露わになった義母の身体を明るい光の中で見下ろした。

「や……恥ずかしい」

藤乃はそう言って目を瞑り顔を背《そむ》けるが、隠そうとはしない。

白い乳房は豊かなふくらみを持ち、年相応の柔らかさで形を崩している。臍《へそ》の下の肉の更に下には、手入れされていない黒い繁《しげ》みがわさわさとあった。太ももはぴっちり閉じられていて、その先は見えない。

「正太さん、普段、若い子ばっかり見とるやろ……そやから、恥ずかしいわ」

「高校生なんか子どもですよ、興味ない。綺麗だ……本当に、綺麗だ」

本音だった。ふれるととけてしまいそうな柔らかさ、何人かの男に愛《め》でられたであろう艶のある身体、目を瞑るとできる皺《しわ》も愛《いと》おしい。

正太は閉じられた太ももの狭間に指を侵入させる。

「や……」

藤乃の耳が赤くなった。そこはもう燃え盛っており正太の指に熱い液体がからみつく。

その先に起こっている出来事を知りたくて、両手を使い、藤乃の汗ばんだ太ももを開いた。

「ああ……やっぱり綺麗だ、藤乃さんの、ここ」

扉が開かれた瞬間、むわんと淫臭が漂ってきて鼻腔《びこう》をくすぐる。熟しきって腐る直前の南国の果実の匂いのようだ。

繁った陰毛の下は羽を広げた蝶《ちょう》のように襞《ひだ》まで開いている。左の襞のほうが少し大きく、羽の付け根には表皮から剝き出しになった朱色の粒が顔を出していた。藤乃の耳と、同じ色だ。

蝶の羽は既に溢れ出た蜜でてかてかと光っている。

「……見てるだけやったら、いやぁ」

藤乃が顔を背けたまま、両手で自らの花びらを開いた。

正太は顔を近づけ、舌を伸ばす。

「あまり上手じゃないけど……慣れてへんし」

「――かまへん――」

女の人のそこを舐めるのは、もともと好きではなかった。そんないいものとは思えなかったからだ。けれど目の前にある藤乃のものは、違う。浴衣を纏っているときから、ふれたくて、見たくてたまらなかった。

そしてこうして目の前に広げられているのを見て、匂いも味も全て知りたくてたまらなかった。

「ぁあっ……」

藤乃の腰が浮く。正太の舌が快楽の源である朱色の粒にふれたからだ。悦《よろこ》んでいるのがわかると、もっとしたくなる。

顔を押しつけるように近づけて、思い切り匂いを吸い込みながら、唇で粒を含んで軽く吸い上げた。

「ぁあああっ!!　あかん！　そこあかん！」

藤乃の腰がいやいやをするように左右に動くので、両手で腰を掴《つか》んで押さえつけた。

「やぁあ……」

慣れていない自分の舌の愛撫に悦んでくれるのが嬉しかった。正太はそのまま縦の筋をなぞるように唇を下ろしていく。

「ぁあっ」

小菊のような皺に縁どられた穴に舌が辿《たど》り着くと、藤乃は叫びに近い声を出した。

「そこはほんまにあかん！　汚い！」

「汚くなんかない、可愛い」

女の排泄《はいせつ》の穴に口をつけるのは初めてだったが、そうせずにはいられない。

この女が普段隠している全てのものを口で味わいたかったのだ。

舌さきでぐりぐりと円を描くように舐めまわしたり、そのすぼまりに突きさそうと試みる。

「慣れてへんなんて……嘘《うそ》やないの……」

藤乃の声が泣き声に変わっている。

「嘘やない。他の女にはこんなことしたことない。でも藤乃さんのここ、あんまりにも可愛くて舐めたくなった」

「嬉しい……こっちに来て……」

藤乃がそう言ったので、正太は身体をずらし、覆いかぶさる。正面に藤乃の顔がある。もう耳だけではなく首筋まで真っ赤に染めて、目には涙をためている。

「なんで泣いているの」

「気持ちええから」

「気持ちよかったら、泣くんや」

「だって、感動するやん」

目の前の女が愛おしくなり、正太は藤乃の唇を塞《ふさ》ぐ。

「もう……我慢できひん……」

唇を離すと、藤乃がすがるようにそう言った。

正太は藤乃の両足の間に身体を滑《すべ》り込ませ、むちむちとした太ももを大きく開き、自らの肉の棒を淫臭の源にあてる。

「藤乃さん、入れていい？」

「そんなん、聞かんといて……ぁあっ！」

藤乃の声が大きくなったのは正太の男性器が侵入してきたからだ。襞をかき分けるようにしてぬめりをまといながら奥へ踏み込んでいく。

義母の身体の中は、柔らかく温かかった。まるで自分自身をも包み込まれているかのような感触がある。

「キスしてぇな……どっちもつながりたいねん」

潤んだ瞳で懇願《こんがん》されると、たまらない。正太は身体を義母に密着させ重なり合い、そのぷっくりとした柔らかな唇を吸う。既に紅は剝がれているはずなのに桃色の艶《なま》めかしい唇を。

どちらからともなく舌をからませる。結びつこうとせんばかりに、互いの口内に繰り返し舌を侵入させ舐めあう。

藤乃の両腕が正太の背中にまわり、抱き寄せられる形になる。

正太は腰を動かし続けていた。唇を合わせて、お互いの性器でつながりあい、こうして身体を密着させると安心感がある。

その安心感は今まで女と交わってても得たことのないものだった。もっとお互いが攻撃的で、もっと探り合って、おそるおそる感じさせて、こちらも感じるものだった。

けれど藤乃とこうしているのは、ただ委ねるだけでいい。何も考えず、そのまま身体を託して、快感だけを味わっている。この安心感は、藤乃が義理であれど、母親だからなのだろうか。

そんな女を抱くのはいけないことだとは痛感している。けれど男なんて、皆、母親を恋しがっている生き物だ。母親に抱かれる安心感、信頼感、自分を肯定して許してくれる女——男が求める理想の女は、無償の愛を注いでくれる存在、つまりは母親なのだから。

「ぁあ……っん……いい……」

正太が肉の棒を奥に差し込むごとに、耳元で甘い喘《あえ》ぎ声が発せられる。今にもとろけてしまいそうな声だ。

「可愛い声だ」

「やぁ……恥ずかしい」

首と耳を真っ赤にした藤乃が顔をそらした。

ふと正太は凶暴な衝動にかられて肉の棒を抜き、身体を起こす。

そのまま義母の両足首を握り、腰を浮かせる。

「あかんて！」

藤乃は両手で顔を覆った。

「こうしたら、丸見えだ。義母さんの、恥ずかしいところ」

ぱっくりと開かれた藤乃の性器はぬめりをまといながら、蝶の羽は広がりきり、白くなった液体が溜《た》まっている奥まで見える。剝き出しになった真珠粒はてらてらと光を帯びている。

「綺麗で、いやらしい……」

心からそう思った。年齢相応に色素は沈着しているし、花びらも大きめだが、その年月と経験を漂わせる秘苑はひどく尊いものに思える。

「あかん……」

「俺のを入れた形のままだから、ぱっくり開いて奥まで見える」

「や……」

正太はそのままの体勢で、真上から突き刺すように、もう一度、さきほどよりも硬くなった己の肉の塊《かたまり》を挿入する。

「ぁあ……」

上から押すように動かしながら、右手の人差指と中指で、剥き出しになり、ふるふると震えている女の快楽の源泉をつまむ。

「いやぁっ!!」

「藤乃さん、どう？　ここ触られながら突かれるの気持ちいい？」

義母は答えないが、喜んでいるのは溢れるように噴き出す白い液体の量の多さでわかる。太ももを伝わり、だらだらと垂れている。

「……正太さんが、こんな人やったなんて……」

「どんな人？」

「こんな……いじわるな人やったなんて……そんなふうに見えへんのに……」

「でも、いじわるされるのが好きなんだろ」

藤乃は真っ赤になった顔でいやいやとかぶりをふる。

正太自身も驚いていた。こんなふうに女を辱《はずかし》めるなんて、今までしたことがなかった。いや、どこかに願望はあったのかもしれないけれど相手の性的嗜好《しこう》などわからないからと、いつもただふれて挿入するだけの性行為しかしたことがなかった。けれど藤乃にになら、はじめての交わりであるはずなのに、なんでもできる気がしたのだ。受け入れてくれるとわかっていた。それはやはり、この女の肌にふれた瞬間に得た、安心感ゆえだろう。

「届く……」

藤乃の身体がぶるぶると震える。上から突き刺しているので、粘膜の奥を突いている感覚は正太にもあった。

ふと、更に意地の悪い問いを発してみたくなった。

「親父と、どっちがいい？」

正太がそう口にすると、藤乃が目を見開いて驚いた表情を作る。

「そんなこと……」

「答えてくれないと、やめちゃうよ、義母さん」

「……やめんといて……」

「だったら、答えて」

正太はそう言いながら、摑んでいた藤乃の足首から手を離し腰を下ろさせ、男性器を抜き取った。

「あかん……いやや……」

「なら、正直に言ってくれよ」

「……正太さんのほうが、ええ」

その言葉を合図にし、また再び肉の棒を突き刺した。

「ぁあっ！」と藤乃は声をあげて身体をそらせる。

「俺のほうが、いいの？　本当に？」

「うん……正太さんのほうが、硬くて元気で……それに、いやらしいんやもん」

「あなたもいやらしいですよ、義母さん」

正太はそう口にしながら、腰の動きを速めた。

自分の肉の塊を包み込む藤乃の粘膜がさきほどから小さな収縮をはじめたような気がしたのだ。藤乃は、もう言葉を発するのがつらいのか、ただ喘いでいるだけだが、声は次第に大きくなっている。

藤乃に引きずられるように正太も更に奥を激しく突く。それにつれ、藤乃の襞が締め付けてきて温かく包み込まれるような安心感が、意識を遠ざける。

「もう……我慢できない……藤乃さん……」

「私も……中に出してぇ……正太さんのたくさん欲しい……」

その言葉に今まで残っていたわずかばかりの理性も消し飛んだ。

「たくさん、出すよ」

「お願い……」

正太は腰を打ち付けるように動かす。肉の棒が藤乃の粘膜に締め付けられ、まるで搾り取られるようだ。

「出る……」

「ちょうだい……」

「ぁあ……義母さんっ！　イくよっ！　イくっ!!」

「いやぁあああっ!!」

ふたりは咆哮《ほうこう》をあげ、正太の熱い液体は藤乃の中に注ぎ込まれた。

全てを出し尽くすと、正太は力を失い、そのまま藤乃の身体の上に倒れこんだ。

義母はまるで子どもを可愛がるかのように、正太の頭をなでながら慈《いつく》しんでくれる。

そのあまりの心地《ここち》よさに浸ろうと、正太は目を閉じた。

「ごめん……」

一息ついて汗まみれの身体のまま横たわりながら、正太はついそう口にした。

「何がやの？」

藤乃は目をぱっちり開いて無邪気に聞いてくる。果てたあとでも変わらず艶めかしく美しい。

「義母さん……藤乃さんに……つい我慢できなくて、しかも、中に出してしまった……。堪えてたんだ、今まで。でもあまりにも魅力的で……」

「嬉しいわ……」

藤乃が正太の裸の胸に口づける。

「初めて会ったときから、素敵な人やなと思ってて、でも、義理とはいえ親子だから我慢してたのに」

「そんなふうに思ってくれたんやね」

藤乃は舌を伸ばし、正太の乳首を舐める。

「でもあかんことやから……もうこれで最後、あっ」

正太が声をあげたのは、藤乃の手が肉の棒にふれたからだ。さきほど放出したばかりなのに、柔らかい手の中で再び硬さを取り戻している。

「最後やないで。これからも、たくさん、しよな。中に出してくれたらええねん、赤ちゃんできてもかまわへん。ううん、もう私も年やから、早く欲しいねん」

「だって……」

「わからへんの？　今日、あの人が正太さんをなんで呼んだか？　自分はもう年やから子どもを作るのは難しいけど、正太ならできるやろって……。孫の顔が見たいねんて」

「嘘だ」

正太の脳裏に真面目で堅物だと思い込んでいた父親の顔が浮かんだ。まさかそんなことを考えているとは思いもよらなかった。自分の妻と息子を交わらせようとするなんて──。

「藤乃も若い男のほうが、満足できるやろって。よそで浮気されるよりは、自分の息子のほうがええから言うてはるねん。私が好きもんで、したなると我慢できひんのも知ってるからなぁ」

藤乃の手が正太の肉の棒を握りながら上下に動かすので、もうそこはすっかり屹《きっ》立《りっ》して先端からは透明の汁が溢れている。

ふと正太は『源氏物語』の光源氏が、義母の藤壺宮と不義を働き、子どもを作ったあとで、自分の父親に対する罪悪感に生涯苛《さいな》まれた話を思い出した。

あれは悲劇として描かれてはいたし、道徳的にもいけない話ではあるが、こうして当事者たちが自らの欲望に従えば、悲劇どころか大団円ではないか。

誰もが望んでいて満足するのなら、たとえ世間から見たらタブーでも、人としては正しい選択ではないのだろうか。

「もう一回……してや」

藤乃が甘えた声を出して、唇をよせてくる。

「……義母さん、俺ももう我慢できないよ」

正太はそう言って、藤乃の両足を再び開かせた。

葵上

その女を初めて見た時、絵巻物から抜け出てきたようだと思った。喪服を纏《まと》い、髪の毛をきっちり結《ゆ》い上げ、顔の白さが際立っている。切れ長の目の奥の黒い瞳が潤《うるお》っていたのは涙をこらえていたからだろうか。一筆書きしたような眉《まゆ》の下の一重《ひとえ》瞼《まぶた》はぽってりとしており、紅を点《さ》してもいないのに唇は珊瑚《さんご》色でほんのり赤い。

どこか今の時代に生きている女ではない気がした。亡霊のような――といえば物騒だが、生の存在が希薄な印象を受けた。昔、美術館で見た平安時代の絵巻物の中に描かれた優雅な生活をしている貴族のような高貴さと品が一目会った時から感じられた。

女の姿が印象に残ったのは、静かな佇《たたず》まいながらも悲しみを湛《たた》えていたからだ。それは当然であろう。女を見たのは、葬儀の席だった。女は夫を亡くして喪主となり参列者に頭を下げていた。

焼香を終えて、葬儀会場を出ると、当時の上司が小声で「若い奥さんやろ。親子ほど年の離れた夫婦やったからな」と囁《ささや》いた。

あんな若くで独り身になって気の毒やなぁ、とも。

女のことは強く印象に残ってはいたが、自分とは縁のない存在のはずだった。

まさかその数年後に再会するとは思いもせず、記憶から薄れていった。


「お帰りぃ」

友坂充《ともさかみつる》が京都の烏丸御池《からすまおいけ》の自宅マンションに帰り、ダイニングキッチンに入ると、椅子に腰かけてクッキーを口にしながら妻の葵《あおい》がそう言った。

葵はいつもダイエットだからといって揚げ物から衣を外したり、ご飯を抜いたりしているくせに、ネットで有名になったお菓子に目がなくて、今食べているクッキーも葵に頼まれて充が京都駅ビルの伊勢丹《いせたん》の地下で買ってきたものだ。ご飯を抜いてもお菓子を食べてはダイエットの意味はないと思うのだが、葵に言わせると「別腹」らしい。それに葵は痩《や》せる必要などないと充は思っていた。七号サイズの洋服がぴったりの無駄な肉がない身体《からだ》は、抱いているとたまに折れそうで不安になる。けれど葵からすれば自分の好きなブランドの洋服が入らないのは死活問題らしい。

二十五歳の若い女というのはそんなものなのかなとも充は思っていた。

「みっちゃん、晩御飯いらないいって言ってたから、何もないよ」

ちゃん付けで呼ばれるのは未《いま》だに気恥ずかしい。最初に「だって可愛《かわい》い呼び方したいんだもん」と言われた時は、苦笑するしかなかった。

「いいよ、風呂にすぐ入るから」

充はそう言いながらネクタイを外し寝室へ入る。本音《ほんね》を言うと、今日に限らずときおり晩酌をするから軽いつまみぐらいは欲しいのだが、葵は料理が苦手なので用意されても困るのだ。つきあいはじめた当初は、葵が米を研ぐことすらできなかったのには驚いたが、そういう未熟さや幼さも愛らしかった。

しかしさすがに今は家でゆっくり美味《うま》い和食を食べて酒を楽しんだりしたい日もあるのに――充は風呂につかりながら大きなため息をもらした。

充が葵と結婚したのは二年前、充が三十八歳で葵が二十三歳の時だ。充は東京の郊外で生まれ、大学卒業後に大手の生命保険会社に入社し京都支社に配属されたのだが、三十歳の時に知人の紹介で転職してカルチャーセンターを運営する会社に中途入社した。

葵は同じビルの喫茶店で三年前にアルバイトとしてウエイトレスをはじめた。打ち合わせでその店をよく使うので顔見知りではあったが、個人的に親しくなったのは最寄《もよ》り駅でばったり会ってからだ。

マンションも近所だということがわかり、駅で会った時に一緒に帰りながら話をするようになった。葵は実家が東京で父親は化粧品を輸入販売する会社を経営しているのだと聞いた。

「お嬢様ってほどじゃないけど、大事に育てられたの。だから私、何にもできないし、人にすぐ甘えちゃう」

そうやって首を傾ける葵は自分の若さと愛らしさを知っていると思った。すらりとした手足、大きく丸い目はつけまつげに縁どられて、尖《とが》り気味の唇と鼻は愛嬌《あいきょう》がある。美人というよりも可愛らしい。

葵は「親の目の届かないところでのびのび遊びたい」と京都の女子短大に入学し、卒業したあとは就職活動もせず様々なアルバイトをして暮らしていた。

「パパもママもね、お前はどうせ自立なんかできないから就職するだけ無駄だっていうの。二十四歳になったらお見合いさせるからって」

今時こんな若い子がお見合いとは驚いたが、知り合って葵が今時の若い子らしい見かけとは裏腹に、男性に対しては奥手だと気づいた。短大時代に合コンに参加して告白されたことはあるが、「最後まではこわくて嫌だっていうと、いつもフラれちゃう」らしい。

葵の若さと幼さと純情さに充は惹《ひ》かれ、葵も同じ気持ちだと確認しあったあとに、結ばれた。葵は本人の言うとおり未成熟な身体だったが、時間をかけてほぐしてやった。

そこからは早かった。「二十四歳になったらお見合いさせられる」という葵の言葉もあり、ふたりとも結婚への道を何のためらいもなく進んでいった。しがないサラリーマンで、しかも一回り以上年齢の離れている自分との結婚を裕福な会社社長である葵の父親が許してくれたのは、既《すで》に葵の兄が結婚し跡を継ぐことが決まっていたのと、葵が「初めての相手と結婚したい」と母親に話したからだろう。

そうして結婚して二年が経《た》っていた。葵は週に二度ほどアルバイトをしている他は、友人と遊んだり家でゲームをしたりしている。若くて愛らしい妻と結婚した時は友人たちに随分と羨《うらや》ましがられたし、そう裕福ではないけれど何の不満もない生活のはずだった。

「最初からこんなに濡《ぬ》れるなんて――」

「あかん……そんなん言わんといて……」

充は着物の裾《すそ》から剝《む》き出しになっている白い尻の狭間《はざま》に指を差し込みながら、そう言った。この部屋に入るなり、お辞儀をさせた格好の女の着物をめくり上げ、いきなり股間にふれたのは女がそれを望むのを知っているからだ。

「美耶子《みやこ》さんが、こんなにいやらしい女だって知らなかった。初めて会った時は、旦那さんのお葬式で、すました顔をして喪主として凛《りん》としてて——」

「やぁ……」

女はいやいやをするようにかぶりを振るが、興奮しているのは耳が朱に染まっているからわかる。

「このまま挿《い》れて欲しい？　十分濡れてるよね」

充が指を女の粘膜の縦の筋に沿うように前後に動かしてそう言うと、女はこくりと頷《うなず》いた。

「——ダメだ。自分だけが悦《よろこ》んでないで、俺のものを可愛がってからだ」

そう言ってぬるりとした粘液にまとわりつかせた指を離すと、女はそのまま振り返り膝をつき、充のズボンのベルトを外し、下着を下ろして口の中に入れた。

「洗ってないのに、いいの？」

そう聞くと、口が塞《ふさ》がれた女は返事の代わりに充を見上げ、瞬《まばた》きをする。女はそのまま唾液を溢《あふ》れさせ、じゅぽじゅぽと音を立てて充の男根を舌でくるんでしごく。

美耶子を最初に見かけたのは三年前、その世界では名の知れた能楽師《のうがくし》が六十五歳にして癌《がん》で亡くなった葬儀の席だ。充の勤めるカルチャーセンター主催の講演に何度か登壇してもらった縁で上司と一緒に告別式に出席した。美耶子は当時四十二歳で、早くに妻を亡くした能楽師の後妻だった。あの時、印象には残ったけれど、そのあとは存在を思い出すことはなかったのに。

こうして関係を持つようになったのは半年前だ。会社で出された新たな講座の企画が能面制作だった。

「能面なら、ほら、あの人がいるよ。未亡人が」

上司にそう言われるまで知らなかったが、美耶子はもともと能面作りをしている女で、それがきっかけで能楽師の後妻になったのだ。未亡人となり、今は哲学の道の法然院《ほうねんいん》近くの小さな家にひとりで住み、能面を作り続け、一度だけギャラリーで展示会なども開いていた。

電話で申し入れると「月に二度なら」と承諾され、直接会いに行った。使っている道具なども説明したいと家に招かれてから関係を持つまで時間はかからなかった。

もともと美耶子は華族の流れを汲《く》み、代々京都に住む名家の娘と聞いていたので緊張していたが、会うと意外なほど気さくで安心した。それに美耶子に言わせると、

「妾《めかけ》の子なんや。そやから好き勝手させてもらってんねん」ということらしい。

三年前に比べると確かに目じりに皺《しわ》は見てとれたが、艶《つや》は増しているように思え、充は最初に家を訪問した時から美耶子に欲情していた。

「ひとり暮らしやから、食べもんが余って困るんや」と言って、美耶子は帰ろうとする充を引き留めて酒と肴《さかな》を手早く用意した。

大根の柚味噌《ゆうみそ》がけ、祇園《ぎおん》の黒七味《くろしちみ》をふりかけたきんぴらゴボウ、牛肉の豆乳煮、きのこの白和《しらあ》え、自家製の蕪《かぶ》の漬物が手早く並べられた。料理が苦手な妻の買って来たスーパーの惣菜《そうざい》や定食屋での夕食が常になっていた充は図々しすぎるとは思いながらも、箸が止まらなくなった。伏見《ふしみ》の酒蔵から送られてきたという日本酒も美味くて、思いのほか酔ってしまった。

美耶子は最初からそのつもりだったのだろうと、今なら気づく。こんなにセックスが好きな女がひとりでいられるわけがない。

聞けば、亡くなった夫とは癌になった頃から肉体の交わりはなかったらしい。どこまで本当か知らないが、充とのその夜のセックスが四年ぶりだったという。

どちらが誘ったわけでもなく、気がつけば唇を合わせて舌を吸い合っていた。充からすると本来なら手の届かない違う世界の女のはずだったのに、その手により作られた肴と普段飲むことのない高級な酒が全てのためらいを吹き飛ばした。

美耶子は着物の上からはほっそりしているように見えたが、脱がすと白く滑《なめ》らかで豊かな乳房と、吸いつくような潤った肌の持ち主だった。

貞淑に生きてきた上品な女が一度男の手におちると溢れるほど濡らし、身をよじらせ声をあげ、また羞恥で更に燃え盛ることも知った。普段は落ち着いた低い声の美耶子は、充がむっちりした太ももの狭間に顔を埋《うず》め舌で音を立てると、別人のような可愛らしい声を出す。自分の喘《あえ》ぎ声が大きいのを知っているのか、自らの手で口を押さえて声をこらえる様子もいじらしかった。

何よりも男のものを口にする時に、口内の粘膜全てを隙間なく張り付けて、時に緩急をつけながら上下し、その間ずっと睾丸《こうがん》に手を添えてくれるのがよかった。自分の男性器を好きで好きでたまらないという様子で愛されて喜ばない男はいない。

妻の葵は、これを嫌がる。どうしても屈辱的な気分になるというのだ。葵は女性の秘部を口で愛撫《あいぶ》されるのも好きじゃないらしい。「こそばゆいし、なんか汚いところだからって思ってしまう」と言われて、汚くないよと言ったのだが、声もあげず感じていない様子だから普段はほとんどすることもなくなった。

葵と結婚するまでつきあった女は何人かいた。直前で相手が他の男を好きになり破談になったが、結婚しようとしたことも若い頃はあった。処女を守ってきた葵の初めての男になった時に達成感は得られたが、結婚して何度も肌を重ねる度に、悦びを覚えるよりも、いつまでも身体を開かない葵に、自分が未熟で下手なのかと考えることが増えて内心苛立《いらだ》っていた。

だからこそ美耶子がここまで反応してくれるのがたまらない。

それから週に一度ほど、充は美耶子の家を訪ね、身体を重ねるようになった。

さきほどより着物姿のまま跪《ひざまず》き、充の男根をくわえこんでいた美耶子が、ふと口の動きを止めて上目遣いでこちらを見ている。

「どうしたんだ。やめろというまで動かしてろよ」

充がそう言うと、美耶子は目を潤ませながら睫毛を伏せ、口の中で舌を動かすのを再開した。

美耶子の着物は、能楽師が生前買い集めたもので、素人《しろうと》の充でもわかる高級なものだ。能楽師は前妻との間に子どもがおらず、全財産を美耶子が相続した。半分は能楽関係の団体に寄付したらしいが、それでも一生働かずとも生きていけるほどの遺産はあるとカルチャースクールの関係者に聞いた。

本来ならもっといいところに住めるのに、こんな小さな民家に住んでいるのは、大きな家は管理が大変だからということと、高級マンションよりも普通の家が落ち着くということらしい。

かつかつの給料で妻を養う充からすれば夢のような話だ。

だが、自分がそんな女をこうして傅《かしず》かせているのに喜びも感じていた。

「もう……我慢できひん……」

美耶子が泣きそうな声を出して、口を離す。

「どうされたいんだ」

「……」

顎《あご》を引いて美耶子は唇を噛《か》みしめる。

「俺の挿れたい？　欲しくてたまらない？　おまんこひくひくしてる？」

「や……」

そう言いながら美耶子はかぶりを振る。

「ちゃんと口にしてお願いしなきゃ、わかんないよ」

「……充さんの、ください」

「着物脱いで……どういう格好で挿れて欲しいか、やって見せろよ」

充がそう言うと美耶子は立ち上がり、帯紐《おびひも》を解《と》く。その瞬間、帯もしゅるしゅると音を立てて足元に落ちていく。深い青の着物と、白い長襦袢《ながじゅばん》と、身体を纏う布を自ら剝《は》がしていく美耶子は、たちまち夜の闇の中で輝くような白い肌を見せた。

高貴な生まれ、有名能楽師の妻、年上の未亡人——けれどこうして裸になれば、ただの女だ。さきほどまで美味《おい》しそうに自分の男性器を口にして唾液を溢れさせていた、男好きの女だ。

美耶子は八畳の部屋の奥にしいた布団の上にあおむけになる。

薄暗い和室には、壁に幾つか美耶子の作った能面が掲《かか》げてあり、それがまた非日常的で淫靡《いんび》であった。

「どこに挿れて欲しいか、見せてみろ」

充が言い終わる前に、美耶子はゆっくりと太ももを広げる。処理されていない黒い毛に囲まれた蝶《ちょう》の羽のような女の蜜園はぬめりを帯び、てかてかと光っている。

「いやらしいおまんこだ——」

美耶子によると、能楽師は亡くなるまでの十年間は、年齢のせいか勃《た》ちが悪くなり、その分、様々なことを美耶子の身体で試したらしい。道具を使われもしたし、ＳＭの真似事《まねごと》などもしたという。

もしあと十年生きていたら人間国宝に指定されていたであろうといわれる厳格な雰囲気を漂《ただよ》わせていたあの男が、若い妻を悦ばせるために玩具《おもちゃ》を手にしているのは想像もつかなかった。

「充さん、あれ――」

美耶子は股を広げて軽く腰をあげたまま、右の手で握った薄桃色の布を掲げる。幅広く柔らかな絹のその布を「帯揚げ」というのだとも美耶子と関係してから初めて知った。着物を着て帯を締めたあとで使うものだ。

充は帯揚げを受け取り、美耶子の両腕を頭の上に掲げさせて手首を縛《しば》る。こうして手を不自由にされることで快感を増すのを知ったのは、三度目に寝た時だっただろうか。

『おかしいかもしれんけど……動けなくされると、ぞくぞくするねん』

そう告白され、帯揚げで手首を縛るようにねだられた。絹の帯揚げは柔らかで肌に痕《あと》が残らず、またぎゅっと固く締まる。これも亡くなった夫に教えられたのだと美耶子は言った。

抱いている女の身体に前の男の性の痕がそのように残っているのが充は嫌ではない。むしろ、亡くなっているとはいえ、人の女を蹂躙《じゅうりん》しているようで興奮した。妻の葵は自分しか知らないので、なおさらだ。

美耶子の自由を奪い、充は両足の狭間に顔を近づける。

「いやらしい――」

蝶の羽は広がり、内側には白い練乳のように濃い液体が今にも溢れそうになっていた。ぬめぬめとてかった襞《ひだ》の奥は魚が呼吸をするように細かく震えている。縦の筋の頂点にある丸い粒はすっかり表皮から顔を覗《のぞ》かせ赤い実を剝き出しにしていた。年齢に相応《ふさわ》しく色素も沈着はしているが、木製品が年月を重ね光沢を増し価値を出すように、美耶子のその部分も深い艶を湛えている。

充は舌を伸ばし、先で赤い実を弾《はじ》く。

「うぅっ！」

美耶子は腕を縛られているので身体をよじり腰をあげた。

「しょうがない未亡人だなぁ」

充はそう言うと、一度立ち上がり、シャツを脱いで裸になった。そのまま身体を戻し、今度は唇をそのまま美耶子の秘部に押しつける。

「やぁあっんっ!!」

美耶子は必死で逃れようとするが、充が太ももを押さえつけているので身動きがとれない。唇で襞を挟んだり、舌を粘膜の狭間に滑《すべ》り込ませて女の急所を弄《もてあそ》ぶ。ふと一瞬、顔をあげると美耶子は首筋まで真っ赤に染めて震えていた。豊かでたわわな乳房の先端も硬く屹立《きつりつ》しているのがわかる。

「あかん……」

手が自由にならないのが、もどかしいのだろう。けれど、だからこそ感じているのだ。

充は唇で赤い実を含み軽く吸った。

「――」

抑えきれぬのか、美耶子が声にならない叫びをあげ、腰を浮かす。

「や……お願い……つらいんや……」

美耶子の声は既に涙声になっていた。

「そんなに俺のが、欲しい？」

「欲しい……欲しくてたまらん……」

「本当につらそうだね、美耶子さん。あなた好きものなのに、よくこんなに旦那さんが亡くなってからひとりで我慢できたね」

「言わんといてぇ……」

ひとりで毎晩のように慰《なぐさ》めていたのだとは告白された。いや、充が告白させたのだ。朱色に顔を染めて恥ずかしげにそう口にした表情を見た時に、この女を支配したのだという悦びに鳥肌が立った。

充は身体を起こし、美耶子の両足の間に身体を滑り込ませ、既に屹立している自分の肉の棒を粘膜の入り口にあてた。

「あかんて!」

そう叫ぶように美耶子が言ったのは、すぐには挿れずに縦の筋に沿うように動かしたからだ。

「いけずや……」

美耶子の目からは涙が溢れてきた。挿れて欲しくてたまらないのだろう。充だってすぐにでも熱い粘膜に呑《の》み込まれたいのだが、上品ながらも欲の強い、さらに被虐嗜好《ひぎゃくしこう》のある美耶子の反応を見るのに興奮して、つい、いじめずにはいられない。

「俺の、欲しい?」

「欲しい! 挿れて!」

「育ちのいい未亡人がそんなにいやらしくてどうするの? 亡くなった旦那さんに悪いと思わないの?」

「言わんといて……」

充は散々肉の棒で美耶子をこすったあとに、自分のほうがもう耐えられなくなり、ずぶりと突き刺した。

「ああっ！」

美耶子は頤《おとがい》をそらし、叫びにも似た声をあげる。

最初はゆっくりとこするように出し入れする。そうすると、そのうち女の樹液が奥からにじみ出てきて男の肉にまとわりつく。じゅぽじゅぽと音が溢れてくると、滑りがよくなってきた合図だと、スピードを上げる。それでも時にゆっくりと、そしてまた驚かすようにいきなり速くと緩急をつける。

美耶子はもうあられもない声を出し、既に帯締めから解き放たれた両手を充の背にまわして引き寄せるように強くすがっていた。行かないで、もっとそばにと言わんばかりに充を抱きしめようとする。

「充さん――好き」

「俺も」

腰を動かしながら、お互いの口内をまさぐり、蛇《へび》の営みのように舌を絡ませ合う。もう唾液も汗もとけあっていた。

「美耶子──俺、出そうだ──」

「──きて──一緒に──」

女の粘膜が絞り出すように収縮し、充は「イく！」と叫んだあと、すがりつく美耶子の体内から必死の想いで肉の棒を抜き出し、白い腹の上に己の果ての汁を放出した。

荒い息を吐き胸を上下させた美耶子が切なげな瞳でこちらを見ている。「中に出してもええのに」と最初の営みのあとに言われたのだが、さすがにそれはできなかった。

腹の上の白い液を充は自らティッシュで拭きとったあと、美耶子の上に覆いかぶさり、唇を合わす。

美耶子とのセックスは最高だった。今まで寝てきた女の中でも、かなり相性が合うほうだ。けれど、だからこそ充の心は冷静だった。

葵と別れる気などない。小さな不満はあるが、一生一緒に暮らしていくと決めた女だ。思いがけず美耶子とこういう関係になってしまったが、高貴な血筋で上品で教養もある美耶子と生活を共にするのは平凡な庶民である自分には無理だ。

美耶子の能面作りの講座を見学したこともあるが、伝統芸能に留《とど》まらず古典にも精通し、手を動かす合間にそれをわかりやすく語る美耶子の知性にも教養にも感心する。でもだからこそ、妻にはできない女だ。世界が違う。

セックスがいい女は、共に生活をするよりも、こうしてたまに会って楽しむほうがいい。未亡人で生活にも困らず、快楽だけを共有できる美耶子に充はもう一度唇を寄せた。

呼吸は落ち着いたようだが、美耶子の身体はまだ興奮の色を残し、頬《ほお》は朱に染められ濡れた半開きの唇が充の舌をたやすく受け入れる。

「美耶子さん、最高だ」

「うちも――」

そう言って美耶子は満足げに目を細めて笑みを浮かべた。


「みっちゃん、話があるの」

会社から帰って来て部屋着に着替え、風呂に入ろうとすると、妻の葵に声をかけられた。葵も今日は一日買い物で外出すると言っていたので、夕食は外で済ませてきたところだった。

「何?」

どうせまた何か欲しいものでもあってねだるのだろうと充は軽く聞き返すと、「座って」と葵がリビングのソファーに充を導いてふたりで腰を沈める。

「どうしたんだよ、あらたまって」

「今日、本当はね、病院行ってたの。そしたらやっぱり、赤ちゃん、できてた」

葵にそう告げられ、充は生じた一瞬の迷いを押し隠すように、「そうなんだ」と答える。たまにセックスはしていたのだから、子どもができてもおかしくはない。葵もずっと欲しがっていて、なかなかできないと気にはしている様子だった。

充自身はそんなに積極的に望んでいなかったせいか、手放しで嬉《うれ》しいと思えず戸惑いが先に来た。そんな内面を葵に見せてはいけないと、「嬉しいよ」と口にして、笑顔をつくる。

「そろそろ不妊治療も考えてたから、ホッとした」

心なしか、妻の顔が普段より大人びて見えるのは子どもを授かったからだろうか。むしろ自分のほうが腹をくくれていない。父親になるという実感が湧き上がらない。

「だからね、お願いがあるの」

「何でも言ってくれよ。俺ができることなら」

「女の人と、別れてください。父親になるんだから、私と子どもだけを大事にして」

　不意打ちをされたようにそう言われて、充は言葉に詰まった。

　否定するべきか、いや、どこまで知られているのだ――。

「どうして男の人って、騙《だま》し通せると思うんだろうね。みっちゃん、嘘吐《うそつ》けないもん。その人と会った日、表情がいつもと違うの。私は若くて子どもだと思われてるんだろうけど……女なんだから、わかるもん」

　葵の表情には怒りよりも、寂しさがあらわれていた。薄《うっす》ら目が潤んでいる。

「私は、いい奥さんじゃないとは思う。みっちゃんが不満を持っているのも知ってる。だから、私が身を引くことも考えた。でも……やっぱり、私、みっちゃんと一緒にいたい。そのために、頑張る。いい奥さんになるから」

　葵の瞳から、涙が溢れてきた。

　充は無意識に葵の身体を引き寄せ抱きしめていた。

「俺も、葵以外には考えられない。ごめん――」

「じゃあ、私だけを愛してくれる？」

　充は、こくりと頷いて、もう一度葵を強く抱きしめた。

悩む余地はないはずだった。

葵にこれ以上、隠し通して関係を続ける自信はない。それに妊婦となった妻を不安にさせたくはなかった。平気な顔をして明るく過ごしてはいたが、ずっと夫の不貞を気に病んでいた健気《けなげ》さを知り、罪悪感が一気に押し寄せてきた。

美耶子とは最初から割り切った身体だけの関係のはずだ。男を欲しがる未亡人と、妻との営みが物足りない自分が寝て、お互いの足りない部分を満たしていたに過ぎない。

もちろんそうやってすんなりと割り切れるわけがない。けれど葵に「別れて」と望まれたなら、道は決まっている。

電話やメールではあまりにも薄情過ぎるし、誠意なく揉《も》めるのも嫌だからと、充は「話があるから会いに行く」と美耶子に連絡して、法然院近くの家を訪れた。

夜ではなく昼間にしたのは、流されないためだ。あの家で夜ふたりきりになって欲情しない自信はなかった。

「昼間に会うのは、なんや気恥ずかしいなぁ」

座布団に充が腰を落とすと美耶子はそう言って、居間の木でできたテーブルの上に、茶と上品な和菓子を出した。

「お酒がよかったらあるで。簡単なもんやったら、つまみもあるし」

夜の闇の薄明りの中で眺めると妖艶だが、昼間の太陽の光の下の美耶子は年齢相応の落ち着きと品の良さが際立っている。

美耶子は普段から着物だ。藍《あい》色の縞《しま》が色の白さを一層映《は》えさせていた。漂ってくるのは、着物に焚《た》き染めてある香だろうか。

「いや、お茶でいい」

そう言って美耶子の淹《い》れてくれたお茶を口にしながら、つくづくいい女だと充は思わずにはいられない。生まれ育ちの良さと、能楽師の妻だったという過去が、その辺の女にはない特別な高貴さを醸し出している。そのくせ、裸になると豊かで柔らかな肉で男をとりこみ、淫らで被虐性を持ち、自らの羞恥心で濡れる女——セックスの相手として、美耶子は理想の女だった。

こうして目の前にすると、決意が揺らぎそうになるが、充は葵の顔を思い浮かべて必死に理性を揺り起こす。

「美耶子さん、お願いがあって今日はここに来た」

「なんやの、あらたまって」

「もう、会えない。妻に子どもができた。だから、今日で最後だ」

充がゆっくりとそう口にする。顔をあげて美耶子のほうを見るが、表情は変わらない。

「奥さん、おめでたなんや」

それだけつぶやくと、首を傾け、何か考えているような仕草をする。動揺が見られないことに充はホッとした。

やはり大人の女だ、最初からこういう状況になるのは美耶子だってわかっていたはずだ。

「おめでとう。充さんもお父さんになるんやなぁ。不思議な感じやわ」

美耶子はそう言って、笑顔になった。

「ごめん」

「謝らんでええて。夫婦なんやから、当たり前のことや」

充はふと、自分が謝っているのは、美耶子とのセックスに没頭しつつも決して彼女の中に精液を放出しなかったことであるかのように思えてきた。

セックスに関しては妻より美耶子のほうが圧倒的によかった。それでも自分は妻の中には射精しても、美耶子にはしないと、はっきり区別をしていた。その割り切り方が、美耶子を傷つけていたのではないだろうか。

「最後なんや」

美耶子はそう言って、立ち上がる。裾が割れて、白い足がちらっと見えた。自分の背に絡みつく、あの足だ。

「終わらせたいんやったら、うちを抱いて。そしたら、身を引くから」

美耶子の言葉につられるように、充も立ち上がり、いつもふたりが抱き合う和室に指を絡ませながら移動した。


「ぁあ……」

全てを脱ぎ捨てたふたりは、布団の上で身体を起こして向かい合って抱き合う形でつながっていた。部屋はカーテンを閉めてはあるが、隙間からときおり光が差し込む。すぐ近くに幼稚園があるのは知っていた。昼間なので、遠くから子どもたちが戯《じゃ》れる声が聞こえてくる。そんな中で、こんな淫らな姿になっているのはひどくうしろめたいが、だからこそ興奮する。

抱き合い、胸を合わせ舌を絡ませながら充は腰を動かしていた。いつもより美耶子の中が潤い、自分自身の肉の棒も硬くなっているのは、これが最後の交わりだからだろうか。

セックスはしないつもりだった。そのために昼間に訪ねてきたのだから。けれど美耶子に「うちを抱いて」と言われて、拒むわけにはいかない。きちんと終わらせるためにも、存分に味わおうと気持ちを切り替えた。

「うしろから――」

美耶子が、そう口にする。

身体を離すと、美耶子は自らうつ伏せになり腰をあげた。

カーテンの隙間から差し込む陽光の中で、ふたつの肉の狭間に薄暗い谷が、はっきりと見える。谷の奥の小菊に似た皺に縁どられた排泄《はいせつ》の穴がひくひくと蠢《うごめ》いている。その下のより深い谷は、ぬめりに覆われ、太陽の光を浴びて、てかてかとぎらついていて、ひどく貪欲そうだった。

「よく見える――美耶子の、尻の穴」

「いやぁ……」

「いやじゃないくせに、恥ずかしいのが感じるくせに。どうして欲しいのか、そこを広げておねだりしてごらん」

「あかん……」

口ではそう言いながら、美耶子は自らの指で尻肉をつかみ、羞恥の谷間をあからさまにした。

「いやらしい……うしろから挿れて欲しいの？」

「うん……」

「うしろから突いたら、奥に当たるから、好きなんだよね」

充がそう言うと、美耶子は返事の代わりに、尻肉をつかんだまま左右に振って猫のようにねだる。普段のしとやかな能面教室の講師の姿からは、誰もこんな姿は想像つかないだろう。

「好きやの……突いて……」

ふと充は衝動にかられて、開かれた谷間に顔を埋めた。

「あぁっ！」

美耶子が声をあげて手を離す。充は舌を伸ばし、排泄の小さな穴に舌をはわす。

「あかんっ！　あかんっ！　そこは……」

美耶子の尻が震えるので、充は舌の先を尖らして奥に押し込もうとする。

「やぁ……」

羞恥なのか快楽なのか、力を失った美耶子は膝を落とした。

「ダメだよ、美耶子さん。あなたのほうから見てくれって広げたんだから」

「そやかて……」

小菊の穴を舐めることは、今までにも二度ほどあった。妻には絶対にできない行為だ。以前、試そうとしたら、「汚いからやめて！」と本気で嫌がられた。

充は美耶子の腰を両手で持ち上げ、ずぶりとうしろから差し込んだ。

「あー」

美耶子は首をそらし、声をあげる。もしかしたら、もう近所の家にも声は聴こえているかもしれない。でも、かまわない——この家に来るのは、これで最後なのだから。

既に美耶子のその部分には汁が溢れており、出し入れする度にじゅぽじゅぽと音が漏れる。

「ぁあ……美耶子さん、最高だ」

充は思わず声を出した。本音だった。ここまで反応がよく、自分が望むことを全て喜んで受け入れてくれる女はいない。

心の底から惜しかった。こんな女を手放すなんて——本来なら自分がどれだけ望んでも手に入らないような高貴な女なのに。

熱い粘膜のぬめりが男のものを包み込み、その温かさを感じた瞬間、歯止めは失われた。

「もう……ダメだ……出る……」

いつもより早いのは自覚していたが、どうしようもなかった。高まってきて、耐え切れそうにない。美耶子の肌、熱、潤い、匂い——その全てが充をとらえ、自制心を打ち負かそうとしていた。

「ええよ……きて……うちの中に……」

その言葉と同時に美耶子の粘膜がぎゅううっと締め付けてきたような気がして、充は「あぁあっ！」という叫びと共に白い液体を奥に溢れさせてしまった。

いつものように、抜く間もなかった。包み込む女の粘膜から逃れられず、放出してしまう。

何度か声をあげ、絞り出し、充はうつ伏せになった美耶子の背に覆いかぶさるかのように倒れ込んだ。ふたりの荒い息が、部屋の空気を揺らす。

充がふと視線を感じ見上げると、壁にかかった能面と目が合ったような気がした。

鬼——般若《はんにゃ》の面だ。

その表情は笑っているかのようにも見える。

「あの面」

「ん？」

ようやく息が整った充はほとんど無意識に美耶子の身体を抱き寄せていた。

「見られているように感じた。夜はあまり気にしたことなかったけど、今日は昼間で日の光があるせいかな」

「般若の面な――充さん、『葵上《あおいのうえ》』て、知ってはる？」

『源氏物語』にちなんだ能の演目だということぐらいは知っていた。確か葵上というのは主人公の光源氏《ひかるげんじ》の妻だ。

「あの面は、うちが一番最近作ったもんや。亡くなったうちの人が、得意やったのが『葵上』やねん。なんやふと、あれを作りたくなったんは、虫の知らせやったんかな」

美耶子がそう言って、くすりと充の胸の中で笑ったような気がした。

「六条御息所《ろくじょうのみやすどころ》いう高貴な未亡人と光源氏がええ仲やったんやけど、その御息所が源氏の正妻の葵上を生霊《いきりょう》になって苦しめるねん。身分の高い女の人やから、みっともない真似《まね》もできひん。その分、苦しんで憎んで耐え切れへんで魂が飛んでいったんやろ。最後は葵上を生霊がとり殺すんやけど――そやからあれは女の嫉妬《しっと》の顔やねん。鬼の顔は、女の嫉妬や」

充の背中に、一瞬冷たいものが走った。

それはまるで、自分の妻と、美耶子のようではないか。

胸の中に顔を埋める美耶子の表情は充には見えない。

「女ってな、自分が捨てられそうになった時に男よりも、奥さんを恨むねん。理不尽やのはわかっとっても、許せへんねんな。それは昔も今も、同じや」

汗なのか、愛液なのか、香なのか——美耶子の身体から漂う匂いが強くなったような気がして、腐りかけの果実のような甘酸っぱい匂いに酔いかけている。

美耶子の手が、うなだれた充の肉塊にふれた。柔らかな白い指が、さきほどの情事の残滓《ざんし》が残る濡れた先端にあたる。

「——捨てんといて——最後になんか、できひん」

美耶子の手の中の男のものは硬さを取り戻しはじめていた。

葵の顔が浮かび、拒まなければ、逃げるべきだと頭の中で言葉が回っていたが、どうしても美耶子を突き放すことができない。

胸から顔を離した美耶子の目は潤いと共に妖しげな光を湛え、朱色の唇とその狭間から覗く舌は、女の秘部のように震えていた。欲しいと、訴えている。

「うちを捨てたら、許さへんで——奥さんもな」

朱の唇が吐いたのは、呪詛《じゅそ》の言葉だった。けれど、充に抗《あらが》う気力はない。

今まで知らずにいた般若の顔がそこにあった。けれど、怖さ以上に女に惹かれているのだと気づかずにはいられなかった。

最後にできないのは、俺もだ――。

背に般若の視線を浴びながら充は美耶子の唇を吸い、ふたたびその身体を味わおうと、女の上に覆いかぶさった。

紫の女《ひと》

一年ぶりの京都だった。ゴールデン・ウィーク前だが、京都駅は人で溢《あふ》れている。暑くもなく、寒くもなく、一番いい季節だからだろう。

沢島龍二《さわしまりゅうじ》は駅に隣接しているホテルに荷物を預け、再び駅の構内に入り近鉄電車の改札口に向かう。行先は京都の南にある宇治《うじ》なので、途中、丹波橋《たんばばし》駅で京阪電車に乗り換え、そこからさらに中書島《ちゅうしょじま》で宇治線に乗る。

スーツなのは堅苦しいが、仕事と言って家を出てきているのだから仕方がない。近鉄の京都駅の改札を通っただけで、心が浮き立っていた。もうすぐ、一年ぶりに会えるのだ。会ったその先のことは考えていないけれど、とにかく顔を見たい一心で、家族に偽《いつわ》ってここに来たのだ。

宇治の平等院《びょうどういん》は、今頃、藤の花が八分咲きだという。満開よりも、それぐらいのほうがあの人には似合う気がする――。

藤原早紀子《ふじわらさきこ》と京都で再会したのは、昨年のゴールデン・ウィークだ。

龍二は川崎《かわさき》市に住み、東京の中堅の出版社で営業をしている四十歳のサラリーマンだ。会社の後輩だった三つ下の妻とは十年前に、妻の妊娠がきっかけで結婚し、男の子がひとりいる。妻は結婚を機に退職し、専業主婦だ。

妻に、息子を大阪のユニバーサル・スタジオ・ジャパンに連れていってくれと懇《こん》願《がん》され、連休ぐらいはゆっくり休ませてくれという言葉を呑《の》み込んで、三日間、京都、大阪を旅行した。

ふたりで行けばいいのにと思ったが、そんなことをついうっかり口にしたら「あなた子どもが可愛《かわい》くないの?」と、喧嘩《けんか》腰《ごし》になるのは承知しているから黙っていた。ただ、一日中テーマパークで子どもにつき合うのは勘弁して欲しいと、別行動を提案すると、それは許された。連休のテーマパークなんて、人が凄《すさ》まじくて行列必至だろう。興味のない人間には苦行《くぎょう》でしかなかった。

妻の麻美《まみ》は、ひとり息子が可愛くてしょうがないのだ。「ずっと傍《そば》にいてちゃんと愛情を注ぎこんであげたい」と、働く気もなさそうで、その分、龍二が稼《かせ》がねばならない。「教育もちゃんとしてあげたいから」と、私立中学の受験を決めて有名な塾にも子どもを通わせているが、これから先、教育費だけで幾らかかるのだと考えると、ゾッとする。

龍二自身も息子が可愛くないわけではないが、自分よりも常に妻にベッタリで、どこか父親を馬鹿にしているそぶりをたまに見せる息子との距離は、どんどん広がっている気がしていた。

妻と子が大阪で遊ぶ日に、龍二はひとりで京都に来た。大阪の街中の喧騒《けんそう》から離れて静かに過ごしたい――そう思ったのだ。しかし京都に電車で来てみれば、連休ということもあるが、息苦しくなるほど人だらけだった。

市内を離れたほうがいいか――そう思って浮かんだのは宇治だった。随分《ずいぶん》昔、中学生の頃に修学旅行で行って以来だが、大きな川が流れており、山並みが美しかった記憶がある。宇治といえば平等院しか知らないが、そこに行こうと、龍二は京都駅から近鉄電車に乗った。

しかし宇治に着いても、人があふれていた。もう観光客のいないところはないのかとうんざりしたが、せっかくだからと人の波を掻《か》き分けて平等院に向かう。

途中の道沿いに神社があり、ふとその境内《けいだい》に入ると、社殿に向かい手を合わせている女がいた。身体《からだ》に張り付いた萌黄《もえぎ》色のニットのセーターに黒いスカートという地味な格好だが、束《たば》ねた髪の毛の下に見える首の白さが鮮やかだった。

どこかで見たことがある気がする――その横顔をつい眺めていたら、女がこちらを向いて、「……龍二兄ちゃん？」と口にしたので、驚いた。

「龍二兄ちゃんやろ。変わってへんなぁ……私のこと覚えてる？　早紀子や、黒崎《くろさき》早紀子。今は結婚して藤原やけど」

ずっと忘れていた少女の面影《おもかげ》が目の前の女と重なった。白い肌、ふっくらした頰《ほお》、小づくりな目鼻と、左の目じりの黒子《ほくろ》――。

「早紀子……さきちゃんか」

まさかこんなところで偶然会うなんてと龍二は笑顔になる。

黒崎早紀子は幼馴染《おさななじみ》の親戚だった。龍二の母の従兄弟《いとこ》の子で、昔は家が近く、よく行き来したのだ。早紀子は龍二より八つ下で、兄しかいない龍二は、どこに行くにも自分についてくる早紀子が可愛くて仕方なかった。けれど早紀子が小学生のときに、彼女の両親が離婚して遠くに引っ越してしまい、それきりだった。

「縁切《えんき》り神社で、龍二兄ちゃんと再会するなんて」

「縁切り神社？」

「知らんの？　ここは橋姫《はしひめ》神社やで。宇治の橋姫。それより、時間あったらお茶しいひん？　ほんまびっくりやわ」

東京で生まれ育ったはずの早紀子がすっかり関西の言葉になっていて、龍二は苦笑する。どこに行くあてもないので、誘われるままに、少し歩いた宇治茶の茶房でふたりは向き合った。餡子《あんこ》の乗った抹茶パフェを早紀子が注文する。

　龍二は妻と子どもと旅行に来ており、今日だけ単独行動をしているのだと話す。

「そうなんや、兄ちゃんもパパさんなんや。私は若い頃に結婚したけど、子どもはおらへんで、優雅な生活や」

　優雅な生活と言いながら、そう口にした早紀子の表情がどこか自嘲《じちょう》気味な笑みなのが気にはなった。

「夫は今、仕事でヨーロッパに行っててんねん、あと二週間は帰ってこぅへんわ」

「何してる人なんだ」

「なんやろなぁ……もともと家は画商やってんけど、ギャラリー経営したり、美術評論家って名乗ったり……テレビや雑誌に出たりと、ようわからん。藤原幸彦《ゆきひこ》って、聞いたことある？」

　藤原幸彦――背が高く面長の整った顔立ちで、いつも和服姿の男だ。美術評論家という肩書ではあるが、雑誌やテレビで確かによく見かける。皇室の流れを汲《く》む血筋で、生粋《きっすい》の京男《きょうおとこ》ということで、京都を紹介する番組のナビゲーターもしているはずだ。

「え、ちょっと待って。さきちゃんの旦那って、まさか」

「藤原幸彦やねん」

「でも、年が」

彼は、確かもう還暦《かんれき》を過ぎているはずだと龍二は口にしかける。

「三十歳離れてる。結婚したのは私が十七歳のときや。祇園《ぎおん》のお茶屋がやってる喫茶店でバイトして知り合った。あの頃、私もあか抜けてへんかったし、どんくさかったんやけど、それが物珍しかったんやろ。普段、綺麗《きれい》な人に囲まれてる人やからなぁ」

早紀子は他人事《ひとごと》のようにそう言った。

「私は親切なおじさんやなぐらいに思ってたんやけど、自信家で強引な人やねん。知らんうちに結婚話になって……」

早紀子はそこで話を止める。

「ああいう人やからな、結婚してても好きにしてる。私には働いて欲しないし、ひとりで遠くに行くのも嫌がるから、こうして近場をぶらぶらして過ごしてる。ヨーロッパも秘書と一緒やけど、秘書言うても愛人や」

早紀子はやはり笑っているが、幸福そうな笑みではなかった。

「──いらん話してもうて、兄ちゃんごめんな」

表情を変え、申し訳なさそうに目を伏せるその仕草が艶《つや》っぽくて、これがあの少女だった早紀子かと感慨深すぎて、龍二は言葉が出てこなかった。


橋姫神社での再会から一年が経《た》ち、再び宇治で早紀子と会う予定だった。あのときは二時間ほど茶房で話して別れたが、LINE《ライン》と電話で早紀子とは連絡を取り合うようになった。

龍二はインターネットで検索して、早紀子の夫の藤原幸彦という男のことを調べずにはいられなかった。

裕福な画商の家に生まれ、見栄《みば》えもよく、京都の嵯峨野《さがの》に屋敷を持つが、東京や軽井沢《かるいざわ》にも別宅を所有する。文化人として講演活動やメディアでの露出も多く、政治家や経済界の大物とも交友を持つ「ダンディな京男の代表」として女性に人気がある。年齢のわりには、見かけは若々しく精力的だ。過去、女優やモデルとの恋愛沙汰など、スキャンダルめいた小さな記事も見つけた。実際に常に多くの女性と交際しているのだと、早紀子も隠さなかった。

若い頃に結婚した妻との間にひとり息子がいるが、その息子は現在、ニューヨークに住み、既に結婚し画商をしている。最初の妻は三十年前に病気で亡くなっていた。

どうしてこういう男が早紀子と結婚したのか不思議だったが、早紀子によると、「私が処女やったから。他に男を知らん女をいちから自分の趣味に染めて育ててやろうと思ったらしいで——光源氏《ひかるげんじ》やな」ということだった。

なるほど『源氏物語』かと思った。絶世の美男子であり天皇の血を引く光源氏は、恋慕った継母《ままはは》の面影がある紫の上という幼い姫君を見つけ、可愛がるふりをしながら、強引に迫り、自分の妻にする。それからも光源氏は、様々な女と恋愛遍歴を繰り返す。

そういえば、早紀子と再会した宇治は、源氏物語のラストの宇治十帖《じゅうじょう》の舞台でもある。

確かにそういう願望を持つ男がいるのは知っていた。手慣れた女ではなく、まっさらの女を自分の趣味に染めて理想の女を作りたいと——龍二からしたら、悪趣味だとしか思えなかった。『源氏物語』に関しても、光源氏が強引というか、ほとんど強姦《ごうかん》まがいに紫の上を犯し、翌日紫の上に「いつまでも泣いていると人がおかしく思うよ」なんて声をかけているのは、現代の感覚だとどこまでも身勝手な男だ。

藤原幸彦のような権威も金も名声も十分に得ている男だからできることなのだろうが、金銭的な世話をしている女は複数いるらしい。

龍二は知れば知るほどに、早紀子が憐《あわ》れでならなかった。金は十分にあるけど、不自由な籠《かご》の鳥だ。滅多に帰ってこない夫を待つために早紀子は時間を持て余しているようだった。

「本当はな、大学行ったり、働いたり、友達と旅行行ったり……普通の恋人同士みたいなこと、したかった。でもあのときは、先のことなんか考えてへんかったし、親が離婚してお金で苦労してたから、あの人のことも受け入れてん。私が結婚することで、母親も楽になったし。子どもがいればよかったんやろうけど、あの人、女遊びしたいし、ニューヨークに最初の奥さんとの息子がおるやろ。他に子ども出来たら金で揉《も》めるからって、手術してんねん。それは結婚してから知ったんやけどな」

早紀子と電話で話しているとき、そう聞いた。

自分の妻の麻美などは、愚痴《ぐち》は多いが好きに生きている。早紀子ほどの裕福な生活をしているわけではないが、金に困ったことはないはずだ。何よりも麻美には子どもという生きがいもあるし、幸せなほうだろう。もっともその幸せを当たり前に享受して傲慢《ごうまん》になっていると鼻につくことは多い。

早紀子への同情が、次第に自分の中で形を変えていくのには気づいていた。

あのとき、宇治の橋姫神社で見えた、早紀子の白いうなじと、ニットのセーターを膨《ふく》らませた乳房――会えない女を想像して、自慰をしてしまうこともあった。

そうして一年後、家族には出張だと嘘《うそ》を吐《つ》いて、早紀子に会いに再び宇治に来たのだった。


「龍二兄ちゃん」

宇治川の袂《たもと》、紫式部の像の前で待ち合わせ、声をかけられ振り向くと、早紀子がいた。

一年前より少し痩《や》せた気がする。薄い紫のワンピースのスカートがふわりと膨らんで、そこからほっそりとした足が見えている。顔は昔のままで、目鼻立ちが小づくりで、日本人形のようだ。三十を過ぎている人妻なのに少女の印象がある。

「まずは平等院に行こうか」

昨年は人が多すぎて素通りした宇治の平等院鳳凰堂《ほうおうどう》にふたりで向かう。平等院は藤原道長《ふじわらのみちなが》の息子の頼通《よりみち》が建てたもので、近年色の塗り替えを行ったので、龍二の記憶とは全く違う鮮やかな色彩の華《はな》やいだ建物だった。

「綺麗やろ。でも、昔の色が落ちた鳳凰堂も好きやったから、ちょっと残念な気もする」

ふたりは並んで歩き、池に沿う形で平等院を眺める。

「うわ……これはすごい」

龍二が思わず足を止めて声を出してしまったのは、藤棚にかかる藤の花が咲き誇っていたからだ。八分咲きどころではない、満開だ。小さな紫の花が垂れ下がっている様子は儚《はかな》げで、美しかった。

「今が一番、ええときや」

早紀子が藤棚に近づいていく。

「兄ちゃん、写真撮って」

そう言われて、龍二は藤棚の下でほほ笑む早紀子にスマホを向けた。

「あとでこの写真、さきちゃんに送るよ」

「ええねん。兄ちゃんが持っといて」

早紀子はそう言って、龍二に腕を絡めてきたので龍二は戸惑うが、振りほどくことはできない。本当は、自分もずっとそうしてふれたかったのだから。

「私の今日の服、藤の花に合わせたって気づいた？」

「さっき気づいた。綺麗だった」

藤の花もだが、その下に立つ早紀子も――とは口にできない。

「奈良の春日大社《かすがたいしゃ》も藤が綺麗やねん。平等院と春日大社……どっちも藤原氏ゆかりや。藤の花は藤原氏の藤……。藤の花って、何かに絡みついて花を咲かせるやろ？　皇室に娘を送り、外戚《がいせき》になることで権力を握ってきた藤原氏の象徴やって説があるんやて」

早紀子の話に、龍二は「へえ」と相槌《あいづち》を打つ。早紀子自身も今は「藤原」だ。

「でも、それって、ひとりでは生きていけへん。誰かに絡みつかないと……まるで私みたいやわ」

早紀子はどこか自嘲するように、そう口にした。


平等院を出て、ふたりは昨年入った茶房で抹茶のアイスクリームを食べながら向かい合っていた。

「平日で、去年よりマシだけど、人が多いな」

「もう京都は一年中、観光客だらけやで。静かなところに行こうと思ったら、自分の家ぐらいしかあらへん。兄ちゃん、今日はどこ泊まるの？」

「京都駅に連結してるホテル……張り込んで、広めの部屋をとった。眺めもいいよ」

龍二がそう言うと、早紀子がスプーンを置いて、目を伏せる。

「……兄ちゃんの泊まってる部屋、見ていい？」

龍二は言葉に詰まる。

「ほら、京都に住んでたら、京都のホテルって泊まる機会ないやん？　どんな部屋なんか興味があって」

早紀子は目を伏せたまま、早口でそう言う。

本当は誘うべきは自分のほうだったのにと、龍二は目の前の女に申し訳なさと愛《いと》おしさがこみあげてくる。

「行こうか。晩飯はルームサービスでも、ホテルの中のレストランでもいい」

龍二はいてもたってもいられず、伝票を手にして立ち上がった。

まだ時間は夕方で、外は明るい。けれど、そんなことは気にならなかった。

ホテルの部屋に入った瞬間、窓際に行き景色を眺めようとする早紀子をうしろから抱きしめた。

「早紀子――」

華奢《きやしや》な身体は自分の腕の中にすっぽりと入る。早紀子が振り向こうとするので、唇を吸った。

「兄ちゃん……」

ふたりは京都のなだらかな山並みが見える窓の傍で、抱き合い、唇を合わせる。

「俺はこの一年、ずっとこうしたかった」

龍二がそう口にしたのは、本音だった。一年前、早紀子と再会して連絡をとりあい彼女の境遇を知り、同情と共に早紀子への愛おしさが募っていた。

妻とはもう何年もセックスをしていない。子どもが生まれ、遠のいて、それきりだ。龍二のほうも妻には欲情しなかった。妻は年を取るごとに身体に肉をつけると同時に、図々しくなってきている気がしていた。

自分の稼ぎは悪いほうではないが、働かず、子どもの将来だけを夢見て、夫に対しぞんざいで厚かましくなっていく妻に対して、欲情などできるわけがない。自分はもともとそう性欲が強くないほうである。風俗にも何度か行ったが、ときおり自分で処理する程度だった。

この一年間は、ずっと早紀子を想って自慰をした。十七歳で三十歳上の男と結婚し、夫しか知らない女。その夫は妻を閉じ込め、自分は複数の女性がいるという。

「最初は、何も知らん私が珍しくて、いろいろ教えるのが楽しかったんやと思う。でも、飽《あ》きたんやろ。三年ほど前、新しい秘書が来たけど、私より若い、大学を出たての娘やった。すぐに、関係があるんやなとピンと来たわ」

早紀子と一度電話しているときに、そんな話をされた。

「私のことも、あの人は愛してるつもりやねん。『一番愛しているのは早紀子だ。だから妻にしてやったんだ』って……『してやった』って思っているのが傲慢やろ。でも、そういう人やねん。恵まれた環境で育って、生まれつきいろんなものが備わって、女に好かれるのが当たり前の人。確かに人柄はええから、友人も多いし、人に好かれる。そやけど、女の気持ちなんか全然わからへん人や。私のことも、抱いてはくれるけど、飽きてるのがわかる。でも、私も、この人に捨てられても行く場所があらへんから――」

そんな欺瞞《ぎまん》に満ちた関係で幸せなのか――龍二はそう問いかけたくなったけれど、自分だとて人のことを言えるのかと考えてしまった。妻はおそらく自分を愛していない。大事なのは子どもだけだ。龍二自身も、妻を愛しているかと問われたら答えに詰まる。それでも別れない。別れる理由がないからだ。けれど、財布の紐《ひも》を握り、子どもを得て、好き勝手生きている自分の妻と早紀子とは置かれている立場が違う。

早紀子の境遇を知れば知るほど、早紀子に欲情していた。悩みはしたけれど、とにかくもう一度早紀子と会わなければと思い、家族に嘘を吐いて京都に来たのだ。早紀子の夫が仕事で東京に行っている日をわざと狙った。

「ブラインド、降ろして……明るいから、恥ずかしい」

「嫌だ、俺は早紀子が見たいんだ」

そう言って、龍二は早紀子のワンピースの背中のファスナーをおろす。紫の藤の花と同じ色のワンピースは、ふわりと足元に落ちる。

「や……恥ずかしい」

そう言いながらも早紀子は抵抗しない。ワンピースよりも、少し色が薄い紫のブラジャーとショーツが露《あら》わになる。

龍二は自分もワイシャツを脱ぎ、ズボンのベルトを外し、早紀子を両腕で包み込んだまま、ベッドに横たわらせる。ストッキングとブラジャーを脱がすが、すぐさま早紀子は両腕で乳房を隠す。

「シャワー浴びさせてや」

「ダメだ」

そう言って龍二が早紀子に覆《おお》いかぶさり口をつけると、早紀子のほうから両腕を伸ばし、龍二の背に置く。口では恥じらっているけれど、自分と気持ちは一緒で、早くつながりたいのだと龍二は察した。

「綺麗だ。感動してる」

龍二はそう言って、いったん身体を離して早紀子を見下ろす。

早紀子は目を閉じ唇を嚙《か》んでいるが、首筋と耳が真っ赤に染まっていた。乳房は服の上から予想していたよりも大きめだが、乳輪も乳首も密《ひそ》やかで、色も薄い。龍二は早紀子の下着に手をかけおろしていくと、薄く広がる陰毛が目に入った。

「……やっぱり部屋が明るすぎるから……」

早紀子が頼み事をする前に、龍二は両手で早紀子の太ももを広げる。

「あかん……恥ずかしいぃ」

「綺麗だ。早紀子のここ、本当に綺麗だ」

それも本音だった。顔と同じく小ぶりの襞《ひだ》は見事に左右対称で、肉色の内側はぬめぬめとてかっている。先端の粒だけが大きめで、すっかり顔を出していた。

龍二は人差し指と中指で、下から上にはじくように早紀子の襞と真珠のような光沢を見せる粒にふれる。

「やっ！　それ！　あかんてっ！」

早紀子の腰が浮くので、片方の腕で押さえつける。早紀子の粒がこころなしか震えているように見えた。襞の奥には白い練乳のようなとろみのある液体が今にも溢れ出しそうになっている。

「早紀子――濡《ぬ》れてる」

龍二がそう言うと、早紀子は両手で顔を隠した。

「だって……兄ちゃんと」

「俺と、何？」

「言えへん……」

「俺としたかったの？」

早紀子は答える代わりに、無意識だろうが小刻《こきざ》みに下半身を揺らしている。

「俺も早紀子としたかった――」

龍二はそう言って、早紀子の蜜の口に顔を埋《うず》める。舌を伸ばし、襞に沿うように舐《な》める。

「いやぁっ――」

早紀子が足を浮かせようとするが、龍二はそれを許さない。早紀子の襞を何度か舌でなぞったのちに、粒を口に含んで舌で包み込む。

「それ……いいっ……」

龍二は早紀子の奥から、どろりと溢れてくるものを舌でなめとった。酸味はあるが、味は薄めだ。

「兄ちゃん……私にもさせて」

早紀子が息も絶え絶えといった風情《ふぜい》でそう言うので、龍二も裸になり、ベッドに横たわる。すると早紀子が、腰を龍二の顔の上に乗せ、自分は龍二の股間に手を伸ばす。

「ああ……兄ちゃんの……すごく大きくなってる」

「早紀子に欲情してるからだ。普段、こんなにならない」

「嬉《うれ》しい」

その言葉を吐いた瞬間、早紀子に呑み込まれたのを龍二は感じた。

――なんだこれは――龍二は衝撃を受けた。

早紀子の小さな唇は、龍二の男のものを奥まで咥《くわ》え込み、舌で搾り取るように上下に動く。唇と肉の棒の間は隙間を失い、全て早紀子の意のままにされている。先端に唇が行くと、舌は鈴口を小刻みに揺らす。それでいてじゅぽじゅぽと唾液が溢れて濡れる感触もある。

巧《うま》いと、思わず口にしそうになった。

これが、三十歳上の夫から「教わった」技術なのだろうか。そう女性経験があるわけでもないが、龍二が今まで知る女の中では断トツに巧みだ。

そして早紀子は口を上下させながらも、片方の手は根元を囲み、もう片方の手は肉の棒の下の柔らかな袋を摑《つか》んでいる。

「美味《おい》しい……」

一瞬だけ口を離しそう呟《つぶや》くと、再び早紀子は奥まで龍二の肉を口にする。

さきほどまでは自分のペースだったはずなのに、すっかり呑まれてしまった。

龍二は目の前にある早紀子の女の園に必死に舌を伸ばす。

「うぅっ」

唸《うな》り声と共に、早紀子の動きが少し鈍《にぶ》くなったようだ。龍二は舌を動かし、もう既にぬめっててらてらと光っている早紀子の蜜の狭間《はざま》に食いつく。

視界に楚々《そそ》とした皺《しわ》に囲まれた小さな穴があった。龍二はそこに舌を伸ばし、先端でつつく。

「いやぁっ！　あぁ！」

早紀子が口を離し、身悶《みもだ》えする。うしろの穴も感じるのか。龍二の妻などは、そこにふれられるだけでも嫌悪感を示していたのに。

「そんなとこ、恥ずかしい！」

早紀子は尻を左右に振りはじめるが、龍二は両手でしっかりと早紀子の白い尻を摑み、自由を奪う。

尻の色が白いだけに、その部分の褐色《かっしょく》の肉がやけに淫らに感じる。

早紀子はもうすっかり龍二の肉の棒を口にするのを忘れ、部屋中に響く喘《あえ》ぎ声をあげている。その声は、思ったよりも大きく、早紀子がひどく感じやすい身体なのを察した。

それも、あの男に「教育」されたのだろうか――。

早紀子の夫の顔が脳裏《のうり》に浮かぶ。テレビや雑誌でしか見たことのない、端整な顔立ちの男――胸の中に火が灯《とも》ったように熱くなる。早紀子に性の悦《よろこ》びや技術を教え、悦《えつ》に入る男の顔が――。

早紀子を自由にしてやりたいと、龍二は思った。まだこの女は若く美しい。他人から見たら何不自由ない奥様かもしれないが、ひとりの男に全てを委《ゆだ》ねざるをえない生き方は、幸せなのだろうか。

ふと、龍二は昨年、早紀子と再会したときに、手を合わせて神社にお参りする姿を思い出した。あの神社は、確か、橋姫神社。縁切り祈願だ。夫の心が他の女に移ったのを呪う女が祀《まつ》られる神社——。

早紀子はあのとき、何を祈っていたのか。夫の気持ちが自分ではなく他の女にあるのを苦しんでいたからこそ、あそこにいたのではないか。心がないなら、手放してやればいいのに、何もかも手にしていたいあの夫はそれもしない。妻を籠の鳥にして、自分だけ好き放題遊んでいる。

早紀子は本当のところは、あの男と縁を切って自由になりたいのだ——そのために手を合わせていたのではと龍二は気づいた。

会ったことのない男に憎しみの感情をこの一年間、抱き続けてきた。早紀子を自由にしてやりたい——たとえ自分も家庭を失っても。

「兄ちゃん、もう、我慢できひん」

早紀子がそう口にするので、龍二は身体を起こす。

「……窓のところで、して」

早紀子が囁《ささや》くように、そう言った。

「え」

「そこの大きな窓……景色が広がってるやろ。そういうところですると、なんや見られてるみたいで、恥ずかしぃて……ええねん」

少女のような早紀子の口から出た、思いがけぬ願いだったが、龍二はそれに従った。京都の山並みと京都タワー、駅前の東本願寺《ひがしほんがんじ》などを見下ろす窓辺に早紀子を立たせ、腰に手をやり、自分のものをあてる。

「ぁあ……」

十分に濡れていたのか、全く抵抗なく、ずぶりと肉の棒が早紀子の白い尻の狭間に吸い込まれていく。龍二は早紀子の腰を支えたまま前後に身体を動かした。

目の前のガラスに自分と早紀子の姿が映っていた。早紀子の表情は陶酔しきって、唇からは涎《よだれ》が垂れている。

これもあの男に仕込まれたのか——龍二は腰を動かしながら、そう考えた。見られて恥ずかしいのが感じる——きっと他にも様々な悦びを教えられたのだろう。

京都は景観条例があるので、京都タワーは例外として高い建物を作れないから、こうして街を見下ろせるが、大阪や東京など、他の都会のホテルならば、こんなふうに窓辺でセックスをしていたら、見てくれと言わんばかりだ。きっと早紀子と夫は、そのような遊びを散々してきたのだろう。

「早紀子、見られてるよ」

龍二はそう口にした。早紀子の夫に対して嫉妬心《しっとしん》はあるが、それ以上に、早紀子を感じさせてやりたかった。

「恥ずかしい……」

「それが感じるんだろ。いろんな人に、窓越しに早紀子の身体が見られてる。ほら、目の前に京都タワーの展望台がある。あそこに修学旅行の子どもたちもいるかもしれない。みんな、早紀子を見てる——」

「ぁあっ!!」

早紀子が軽く身体を痙攣《けいれん》させた。

「旦那とは、他にどんな恥ずかしいことしたんだ」

「……」

龍二は腰を動かし続けながら、早紀子の耳元で問いかける。

「教えて、どんなことやったのか」

「……してるときに、旦那が弟子を呼ぶことは、しょっちゅうや。旦那も見られて興奮する人やから……」

きっと早紀子の夫は、三十歳下の若妻を抱く姿を弟子たちに見せて、自分の精力を誇示していたのだろうと想像はついた。

夫しか知らない女だけど、その夫にみっちりとこの女はいやらしいことを教えられてきたのだ——そう思うと、龍二はそれまで抱いていた同情心以上に、興奮した。

龍二は腰を動かしながら、うしろから早紀子の乳房を鷲摑《わしづか》みにした。見かけは先端の色が薄く幼いが、こうしてさわると年齢相応の柔らかさを持っている。そのまま龍二は腰をグラインドさせるようにまわす。

「うぅ……」

「早紀子、気持ちいい？」

「うん……いいの……すごくいい……」

結合部から汁が垂れてきているのがわかった。自分の腰の動きで感じてくれているのが嬉しかった。

「早紀子……俺、久しぶりだから、早くいきそうで……ベッドに」

この体勢では射精はできないと、龍二が全てを口にせずとも早紀子は察したようで、窓から手を離す。ふたりは身体を絡ませたまま、ベッドに倒れ込んだ。まだ空は明るく、シーツの上の早紀子の身体の白さが映《は》える。

横たわらせた早紀子と唇を合わせ、舌を絡ませたまま、龍二は硬い肉の棒をぐっと差し込んでいく。

早紀子が腕を龍二の背中にまわして抱き合う形になる。やはり、こうしてキスして、つながって、どこもかしこもふれ合う形が自分は一番いい。もっとも妻とは、最初の頃はこうしていたが、次第に妻のほうが億劫《おっくう》になってきたのか、「汗がベタベタつくから離れて」などと言われて興ざめしていた。

唾液も愛液も汗も、ふたりの全てが一緒になるのがセックスの醍醐味《だいごみ》ではないかと思っているのに。結局のところ、妻とは全てが終わっているのだ。子どもがいるから、他に別れる理由がないから離婚しないだけで。でも、それで俺の人生はいいのだろうか——。

「気持ちいい……龍二兄ちゃんの、硬いままで、奥突いてくる……」

唇を離すと、早紀子がそう口にした。

「早紀子だから……早紀子に悦んで、俺のは硬いままだ」

「嬉しい……」

そうだ、自分には若さがある。早紀子の夫が持ち得なくて、自分が誇れるものは、若さだ。早紀子の夫はもう還暦を過ぎているし、いつまでもこうして早紀子を悦ばせ続けるのは難しいだろう。でも、俺なら、まだやれる。

早紀子のぬめりを男の芯で感じながら、龍二は自分の身体が熱を帯びているのを感じた。

「さきちゃん……早紀子、好きだ」

ほとんど無意識で、そう口にした。

「私も、兄ちゃんとこうなれて、嬉しい。旦那さん以外の人とでも、こんな気持ちよくなれるんやって、知ったわ」

早紀子のその言葉を聞くと、龍二はもう自分が堪《こら》えきれないほどに高まっているのを察した。

「ごめん、早紀子、もう、出そうだ……」

「ええで、兄ちゃん――」

「中には出さないから」

やっとの思いでそう口にして、龍二は腰の動きを速めた。自分の背にまわされた早紀子の手に力が入ってきたのがわかる。すがりつくように、早紀子は自分の身体を摑んでいる。自分を必要としてくれているのだ。

「出るっ……ぁあっ！　ああっ！」

龍二は咆哮《ほうこう》をあげて、最後の力を振り絞るように肉の棒を引き抜いて、早紀子の肉のない腹の上に白い液体をかける。

早紀子は確かめるように、手を伸ばし、龍二から放出された体液を指で拭い、目の前に持っていく。

「……兄ちゃん、いっぱい出してくれて、嬉しい」

龍二は息の整わぬまま、早紀子に覆いかぶさり、唇を吸った。

自分の腕の中で身体を震わせるこの女を離したくなかった。

「早紀子、俺と一緒になろう――」

そう口にしてしまうほどに、早紀子が愛しくてたまらなかった。


「すごい動画がタレこまれたんだけど、記事にはできないんだよな」

同じ出版社で同期の樫本《かしもと》と飲んでいるときに、そう言われた。樫本は週刊誌の記者だ。昨今《さっこん》の雑誌の売れない状況ゆえに、樫本が所属している週刊誌も、エロ記事などが増えて、記者たちも飲むと愚痴が増えた。

「どんな動画だよ」

「わかっていると思うが、外には漏らすなよ。ただ、動画はうちだけじゃなく、いろんな週刊誌の編集部に送られてるから、業界内だけの話題にはなるかもな。でもおそらく、どこも記事にはできない」

「それは、スポンサー関係か」

龍二はハイボールを手にしたまま、そう言った。

「そうなんだよ。セックス動画だけど、映ってる男が大物で、議員や経済界の大物、警察関係とも繋《つな》がりあるし……皇室ともゆかりがある。記事にするとしても匿名《とくめい》になるかな」

「誰なんだよ」

龍二は樫本の口にした「皇室」という言葉が気になり、問いかけた。

「藤原幸彦――今年、大きな賞も受章した、京都の大物。その藤原と若い妻の動画だ」

早紀子――龍二は全身の血が冷たくなるのを感じていた。

「……誰が流出させたんだ」

「どうも、その動画を見ると、藤原は若い妻とセックスして、それを弟子たちにその場で観賞させたりするという趣味があったみたいだ。まあ、変態なんだろうな。

女性関係も激しいというのは周知の事実だし。弟子の誰かが売ったんだろ」

龍二はもう箸《はし》を皿に置いた。食欲は失《う》せていたし、酔いも醒《さ》めた。

「……樫本、それ、見せてくれないか。絶対に誰にも漏らさないから」

樫本が戸惑っているのがわかったが、あまりにも切実な龍二の表情に、承諾してくれた。


龍二が樫本と飲んで帰宅し、風呂から上がって寝室のパソコンを立ち上げると、動画を添付した樫本からのメールが来ていた。妻と寝室はとっくに別にしているので、すぐさまファイルを開いた。

カメラの前で、早紀子が腰紐《こしひも》を解き、長襦袢《ながじゅばん》を脱ぐ。赤い襦袢がはだけ、乳房が剝《む》き出しになる。肉の薄い腹の下の陰毛も、はっきり映っている。ざわめきが聞こえるのは、その場にいる藤原幸彦の弟子たちだろうか。

広い和室だった。一糸《いっし》まとわぬ姿になった早紀子は、首筋を赤らめ、明らかに歓喜の表情で立っている。

左目のところにある黒子——間違いなく、早紀子だ。

「見られるの感じるんやろ。お前のいやらしいところ、皆に見てもらえ。ちゃんと名前を言ってな」

　低い男の声が聞こえた。この声には覚えがある。テレビで見たことのある――藤原幸彦だ。

「さ、早紀子の○めこ――見てぇ」

　早紀子は関西弁で女性器を表す単語を口にし、両脚を少し広げ、自ら両手で性器を広げる。画像は鮮明で、龍二が舌で味わった楚々とした早紀子の秘苑が既に潤って光っているのがわかった。

「早紀子……」

　カメラが寄り、早紀子はさらに性器を広げ見せつける。屹立《きつりつ》した粒が震えているのがわかる。

「早紀子は変態や。俺がいちから開発してやったんや。ほら、今度は尻の穴も見せてやらんか」

　得意げな藤原の声が聞こえ、龍二は唇を嚙む。

　早紀子はくるりと身体を回転させる。腰がくびれ、白く張った尻がパソコンの画面に広がる。

「恥ずかしい……」

そう言いながら、両手で自分の尻の肉を広げ、早紀子は小皺に囲まれた褐色の穴を見せつける。

これ以上、早紀子の淫らな姿を見るべきではない——龍二はそう思いながらも、静止ボタンを押せなかった。

早紀子は腰を振り、排泄《はいせつ》の穴を見せつけたあと、「こっちにおいで」という藤原の声に導かれるように、部屋の中央に行く。

「どんな格好で抱かれたいんや」

その声と共に、背の高いがっちりした男が画面に現れた。既に裸になっている、藤原幸彦だ。

「うしろがいいの……」

「動物の格好、早紀子好きやなぁ。前戯せんでも十分に濡れとるやろ。見られるだけで、いつも汁をダラダラ流しとるやらしい女や。感じてる顔も見てもらえ」

その言葉と同時に、藤原幸彦は立ったまま、うしろから早紀子を貫いた。

「ぁあーーーっ!」

早紀子の叫び声が響き渡る。

立ったままうしろからつながるのは、龍二が京都のホテルで早紀子に頼まれたのと同じ形だ。

「ぁあ……」

還暦を過ぎているとは思えぬほど激しく腰を動かす藤原に両手で腰を支えられ、早紀子はカメラの前で恍惚《こうこつ》の表情を浮かべていた。

目は酩酊《めいてい》したように、潤んでいる。口元からは涎が垂れているが、拭おうともしない。白い肌は紅に染まり、特に耳が真っ赤だ。

突かれる度に、乳房が揺れる。龍二もふれた、薄桃色の先端が、心無しか色が濃くなっている。

「あかん……」

「何があかんのや。感じまくってるくせに。お前は俺なしでは生きていけへんくせに」

藤原の傲慢な言葉に龍二は腹の中が熱くなる。怒りとも悲しみともつかぬ感情に火が灯る。

そうなのだ、早紀子は、あの男じゃないと、ダメなのだ。

京都のホテルで早紀子と結ばれたのは、十ケ月前だ。

あのとき、龍二は本気で妻子を捨て、早紀子と一緒になるつもりでいた。

けれど、龍二の腕の中で歓喜の声をあげていたはずの早紀子の声は、ぞっとするほどに冷静だった。

「兄ちゃん、ごめんな。私、そんなつもりはないねん」

「でも、早紀子、お前」

「寂しさや不満はたくさんある。他の女のことで悩んで苦しんだりもしてる。それを兄ちゃんに聞いてもらって、どんだけ楽になったことか……自分には違う人生があるんじゃないかとも考えるけど……あの人とは別れられへんねん」

じゃあどうして俺に抱かれたのだという言葉を、龍二は押し込める。

「お金、なのか」

龍二はそう呟いた。何不自由ない裕福な生活に慣れてしまった早紀子は、サラリーマンの妻になど、なれないということなのか。

「……違うねん。私は、あの人じゃないと駄目やねん」

「それは、早紀子があいつしか男を知らないから」

「そうかもしれん……でも、あかんねん、あの人しか」

「あいつを愛してるのか」

龍二はそう聞かずにはいられなかった。

「愛なんかどうか……わからへん。上手《うま》いこと言えへんけど……私は、他の人とはやっていけへん。兄ちゃんのことは好きで、だから望んで抱かれたんやけど、でも、一緒になるのは無理や」

早紀子はそう口にして、龍二の言葉を拒むように立ち上がり、薄い紫色の下着に手を伸ばした。

「帰らなあかん。あの人、自分がどこにおっても、毎晩、私が家におるか電話してくるねん」

お前はやはり籠の鳥ではないか、それでいいのか——龍二は引き留めようと立ち上がったが、早紀子のすっかり熱の冷めた背中にどうしても動けなかった。

そして、それからは早紀子と連絡を取ることもなかった。

妻とは相変わらず冷めきっていて、それを感じる度に早紀子を思い出してメールをしようと考えるが、拒絶されるのが怖かった。

兄ちゃんを好きや——その言葉は間違いがないのだと信じたかった。

せめて早紀子とのことはいい思い出にしよう——そうやって諦めかけていた矢先に、この映像を見てしまったのだ。

画面の中では、早紀子が藤原幸彦に突かれ続け、髪の毛を振り乱し、獣のような声を出している。

「みんな見て——恥ずかしいところ、見て——」

藤原幸彦に髪の毛をひっぱられ、顔をあげて、早紀子は叫んだ。

「早紀子、今日はお前に御仕置をせなあかん」

腰を動かしたまま、藤原幸彦はそう口にする。早紀子は答えない。

「お前、浮気したな。俺は知ってるんや。お前がどこで何をしているか、全部把握してる。俺への当てつけか」

藤原の言葉に、龍二は血の気が引いた。

バレていたのか——。

「……幸彦さんが新しい、私より若い秘書をずっと離せへんから……」

早紀子の目は涙ぐんでいた。

「やっぱり俺への当てつけなんやな。あほやな、俺はたくさんの女を愛せる男やし、お前のことを捨てることはない。それで、どうやった、違う男とするのは？」

藤原の問いに、早紀子は黙っている。

「言わないと——」

そう言って、藤原はふいに腰の動きを止め、右手を早紀子の股間にそえる。

声にならない叫びを早紀子があげた。部屋の空気が震えるのが伝わってくるようだ。

藤原が早紀子の一番敏感な粒をつまみ上げているのだ。

「もっときつくするぞ」

「いやっ」

早紀子が腰をねじらせて逃げようとするが、藤原はそれを許さない。

「他の男とするのは、どうやった」

「……よかった……でも、幸彦さんとするほうが気持ちいい。幸彦さんは、私のしたいこと、全部させてくれるから」

「俺は誰よりも早紀子のことを知っているんやからな――早紀子が何を悦ぶかも、全部」

藤原は早紀子の顔を自分のほうに向かせ、唇を吸った。離すと、早紀子ではなく、カメラのほうに大声で語り掛ける。

「他の男と寝た罰や。お前ら、いつも見てるだけやから、今から早紀子の御仕置に、参加させてやる。裸になって、早紀子を俺の前で可愛がってやってくれ」

戸惑っているのかざわめきの声が聞こえてきた。

これ以上、見てはいけない――龍二は無意識に強く歯を食いしばる。

だけど、止められなかった。

「早紀子は恥ずかしいのが感じるんやから、今日は、お前らとやっているところを俺がずっと見たる。今まで他の男には見せるだけやったけれど、俺以外の男と寝たのなら、悦びを増やしたるわ。早紀子、これからどんどん他の男とすればいい。ただし、俺の目の前でや」

「いやぁ……」

早紀子はそう言いながらも、藤原から放たれるように、ふらふらとカメラの前――弟子たちのところに近寄ってくる。

「そんなの……できひん」

そう言いながらも、早紀子の目は潤み、半開きの唇は震えて、明らかに欲情した姿を見せていた。

興奮しているのだ。

藤原の言うとおり、早紀子は、弟子たちにいたぶられ、その姿を藤原に見られることを期待している――。

早紀子は龍二が思っていたような女ではなかった。年上の男に閉じ込められた意志のない籠の鳥、男の思うがままに操られている人形ではない。

自分の置かれた状況をしっかりと楽しんで享受しているではないか。

――私は、あの人じゃないと駄目やねん――早紀子の発した言葉の意味が、今、ようやく理解できた。

あの男から与えられる淫靡《いんび》な快楽の虜《とりこ》になっているのだ。

不幸で不自由な女などではない。

龍二は震える手で、静止ボタンを押すためにマウスをクリックしようとしたが、その瞬間、動画が終わった。


あれから五年が過ぎた。

龍二の生活は、変わりがない。相変わらず妻は子どもと仲がよく、塾のおかげか、子どもは中学受験に合格し、次は大学入試だと張り切っている。

また、藤の季節が訪れた。その後、京都には仕事で二度訪れたが、暇もなく、それ以上に、あの動画を見てから早紀子に連絡する気にはなれなかった。

動画は結局、樫本の言うとおり表には出なかったが、龍二はふと、あの動画を出版社に送りつけたのは早紀子ではないかと思ったことがあった。

見られると感じる女——自分の姿を、より多くの人に見せたかったのではないか、と。

もっともそれはあくまで龍二の推測に過ぎず、何よりも、早紀子がそこまでするとは考えたくなかった。あの、少女の頃の早紀子が、そして自分の下で感じてくれた早紀子が、藤棚の下で紫の服を着てたたずんでいた早紀子が。

ゴールデン・ウィークに、藤原幸彦が亡くなったというニュースを妻とテレビを見ていたときに知った。藤原幸彦は、一年前から病を患《わずら》っていたらしい。

「ああ、この人、そういえば最近、テレビで見なくなったけど、病気だったのね」

五年前より太り、増えた白髪《しらが》を隠そうともしない妻が、そう口にした。妻は何も知らないままだ。

藤原の葬儀のニュースの中で、喪主として、喪服に身を包んだ早紀子の姿が映された。

五年前と変わらず、少女の面影を残したままの、儚げな姿だった。

「奥さん若くてびっくり。金持ちだから若い女と再婚できるのよね。奥さんは旦那の遺産もらって、次は自分が若い男と再婚したりして。いいわよね、お金があるって」

妻の言葉は厭味《いやみ》なのかもしれないけれど、今は気にならない。

それよりも夫を亡くし、涙を流す早紀子の姿を見ると、胸が締め付けられ、自分はやはりまだ早紀子に囚《とら》われていると気づかざるをえなかった。けれど、どうしても早紀子に連絡する気にはなれない。できるわけがない、自分の手になんて負える女じゃないのだから。

妻が傍にいるのに、早紀子の柔らかさとぬめりを思い出す。とっくにテレビのニュースは他の話題に変わっているが、ちらりと映った喪服姿の早紀子の可憐《かれん》さが、龍二の身体に火をつけた。

「昼ご飯、ふたりだからめんどくさいし、出前でもとらない？」

妻が億劫そうに言うので、「いいよ」と、龍二は返事をした。

その瞬間、手元に置いていたスマホが鳴り、画面を見て慌てた龍二は、スマホを手にして立ち上がり、「もしもし」と言いながら、居間を出て寝室に向かう。

「兄ちゃん、久しぶり」

さきほどテレビで喪服姿で夫の遺影を手にしていた女の声だった。

「身軽になったわ。なぁ、久々に兄ちゃんに会いたいねん。藤の花、またふたりで見に行かへんか。……一年間、旦那が病気やったから……疼《うず》いてたまらんねん」

龍二の脳裏に、縁切り神社で手を合わせていた早紀子の姿が浮かぶ。

この女は、自由になり、解き放たれたのだと。

けれど、自分の手に負える女じゃない――それがわかっていながらも、龍二は早紀子を拒めるわけがなく、「ああ、行こう」と、口にしていた。

光る君

「女ひとり」という歌がある。随分昔の歌だが、恋に疲れた女がひとり、京を旅するという歌だ。未《いま》だに三千院《さんぜんいん》のある大原《おおはら》は、あの歌のイメージが強い。古都・京都には、傷ついた心を癒《いや》すものがあるのだろうか。

もちろん、あの歌が流行《はや》った時代と、今は違う。今は京都は観光客だらけで、あちこち人混みで、癒されるどころか疲れてしまうと、会社の女性社員たちが口にしていた。けれどそれでも人が絶えないというのは、やはり魅力的な土地なのだろう。

自分も大学時代の四年間は、京都に住んでいたが、遊びに夢中で、京都という場所に思い入れもないし、風情を感じることもそうなかった。神社仏閣や歴史には興味がなかった。だから卒業し、東京の会社に就職が決まると、躊躇《ためら》いもなく京都を出て、それきりだ。

そんな街に、何故《なぜ》俺は、ひとりで訪れたのか――。

天野優季《あまのゆうき》は、東京で生まれ育ち、大学の四年間だけは京都にいたが、卒業して就職してからも、ずっと東京に住んでいた。何故、京都の大学に行ったかというと、三つ上の姉と折り合いが悪かったからだ。優季の家は、祖父と父が官僚で、母も旧華族の血を引く、つまり相当に恵まれた家庭だった。優季はそう勉強ができるほうではなかったが、小学校から私立の付属に行き、受験などで苦労したこともなかった。

優季には姉がいて、優季と同じ付属から大学に行ったが、この姉が遊び好きで、両親も手を焼いていた。お小遣いじゃ足りない、社会勉強したいと水商売のバイトをしていたのが親にバレたときは、母は泣き叫び、父は姉を殴った。普段は全く穏やかで手を上げることなんてない人なのに、よっぽど姉が許せなかったのだろう。今思えば、遅く来た反抗期のようなものに過ぎないけれど、面倒だったのは、その分両親が末っ子の自分に依存度を深めたことだ。

母は「ゆうちゃん、どこに行ってたの？　お母さん心配で泣いてたの」と、優季が友人と遊んで少し遅くなるぐらいで悲壮感たっぷりの表情を浮かべ玄関で出迎える。そして姉は優季を、「あんたはお坊ちゃんで顔もいいから、世の中上手《うま》く渡っていきそうで、気にいらない」などと、ネチネチ厭味《いやみ》を言った。姉だってお嬢さんじゃないかと言い返したが、「男と女は違うの。女は差別されて社会で生きにくいの)」と、大学生のくせにわかったようなことをいう。家がそうやって少し荒れている時期だったので、離れたかった。

　家を離れるならば、地方の大学に行けばいい。小学校から付属の中学、高校と、周りの顔も代わり映えしないし、ここらで環境を変えるのも悪くないと思った。

　もうひとつ、理由があった。姉の言うとおり、優季は背が高く、整った顔立ちで、小学生の頃から、女の子に人気があった。初体験は中学生のときに、友人の姉の女子大生が相手だった。初めてのセックスだったけど、相手の女子大生が馴《な》れていたせいか、スムーズで楽しい経験だった。そのせいか、高校に入ってからは、自分に好意を持つ可愛《かわい》い娘からの誘いは拒まなかった。一度セックスしたら、「彼女だ」と思い込む女は多い。特に処女は面倒で、束縛までしてくる。

　高校生の際に、そうやって複数の「彼女」が同じ学校にいる状態で、女同士が揉《も》めたりもした。「セックスしただけで、恋愛感情なんてない」なんて正直に口にすると、ひどい男だと悪口を広められもした。でも、それでも好意を抱いてくる女は後を絶たない。ただ、束縛されたり、嫉妬の感情をぶつけられるのに心底うんざりして、全て断ち切るには、東京を離れるしかないと思っていた。

　そうして優季は、京都の有名私立大学を受験して合格し、離れたくないと泣く女の子たちや母親から逃げた。京都には母方の親戚がいるからと両親が許したのだ。

面倒なことは一度リセットされたが、京都の大学でも女が寄ってきた。どうやら自分は容姿が優れていること以上に、女の子からしたら、「優しくて、気遣いができて、人の悪口を言わない」ところが、いいらしい。大学時代も、ほどほど、周りに摩擦を作らぬ程度に恋愛やセックスをして楽しんだ。何より、親の目がないのが気楽だった。

四年間楽しく暮らしたが、あくせく就職活動する周りを眺めて、父親のコネを選び、東京の会社に就職した。優季が大学生活を送っている間に、姉は結婚し家を出て子どもを産み、親との関係も良くなっていた。姉がいないので、優季は実家に戻って会社に通った。いつのまにか母の関心は姉の産んだ子どもに移り、いい具合に子離れしてくれていたので、好きにできた。

優季も二十六歳のときに、会社の上司の紹介で、三歳下の今日子《きょうこ》と出会い、結婚した。周りのすすめもあったが、控えめで料理上手で愛らしく、妻にするならこれ以上の女はいないと思ったのだ。何より、今日子が自分に惚《ほ》れているのがわかった。最初の頃はふたりで食事をしていても、恥ずかしがって自分の目を見ないぐらいだった。五回目の逢瀬《おうせ》でホテルに行ったが、今日子は処女だった。「心の底から好きな人と出会えるまで、大事にしていたの」と言われ、愛《いと》おしくなり、結婚を決めた。子どもも男、女とふたりに恵まれ、順調だった。結婚してからも、寄ってくる女は絶えなかったので、遊びはしたが、何より家庭が一番大事で、このまま子どもたちが旅立ち、今日子とふたりで年を取り、優雅に過ごすのだと信じて疑わなかった。

それなのに――。

「離婚してください」

今日子から、そう切り出されたときは、全くの寝耳に水で、理解できなかった。

優季は五十四歳になっていた。昨年、不景気で会社は早期退職者を募り、退職金が上乗せされるとのことで、それに乗った。会社の業績が悪くなるのは目に見えていたので、今辞めたほうが得だと思ったのだ。母は三年前に癌《がん》で亡くなったが、父はまだ存命で、財産もいずれ分与されるはずだった。子どもたちはふたりとも大学を卒業し自立しているし、少し早めにリタイヤするのもいいかと判断した。

「ふたりで旅行にでも行こうか。海外もいいな」と言ったときに、「いいわね」なんて彼女も応えていたではないか。それがどうして、離婚届を突きつけられるのか。

いつものように、自宅で今日子の作った朝食を食べたあとだった。ご飯に、丁寧に出汁《だし》をとった玉ねぎの味噌汁《みそしる》、アジの干物、ホウレンソウの胡麻《ごま》和え、自家製の糠漬《ぬかづ》けを食べて終え、お茶を飲んでいるときに、今日子が「話があります」と、切り出して、離婚届を目の前に出されたのだ。

「なんだ、これ」

「離婚届です。私のほうはもう記入しましたから、あなたの欄、お願いします」

「離婚届なのはわかっているけど、意味がわからん」

「離婚して欲しいんです。離婚届にそれ以外の意味はありません」

今日子は、有無を言わせずと言った感じの強い口調だった。普段は控えめでおとなしい女で、こんなふうになるのは初めてだ。

「俺とお前が離婚するのか」

「他に誰がいるんですか」

「いや、だって、いきなり」

「私としては長いこと考えて出した結論です。だからもう決まってるんです」

優季は呆然《ぼうぜん》としていた。今まで小さな諍《いさか》いもなかったのに。いきなり「決まってる」と言われても、受け入れられるわけがない。

「細かいことは、弁護士さんを立てて決めましょう。あと、子どもたちも承知してます」

「はぁ？」

　優季は大きな声が出るのを止められなかった。

「なんだ、それ、子どもたちも承知って。俺の知らないところで、勝手にそんな話になったのか？」

「私が、人生をやり直したいって言うと、『お母さん頑張れ』って応援してくれました。とりあえず、近々、身の廻《まわ》りのものをまとめて家を出ますね。連絡は弁護士を通じてください」

「ちょっと待て、なんで離婚しないといけないんだ」

「理由はひとつではありません。様々なことの積み重ねです。要するに、あなたは私をひとりの人間として見てくれていなかったから、私は自分の人生を歩もうと決めたんです」

「俺が、いつ」

　全く心当たりはなかった。女遊びは確かにしたし、相手の女が家に無言電話をかけたり、今日子を待ち伏せして罵倒《ばとう》したり、そんな出来事はあった。今日子の妊娠中、愛人の家に入り浸ったりもした。けれど今日子はいつも「あなたは女の人に好かれるから、結婚したときに覚悟してた」と許してくれたではないか。

生活費も十分に渡して、休日は家族を優先し、何不自由ない生活をさせていたつもりだった。今日子を束縛した覚えもない。友人と旅行に行くときは金を出してやったし、趣味のヨガ教室なども許してやっていた。

「弁護士の先生の連絡先、あとでお伝えしますね。当事者同士で話しても埒《らち》があかないので、今後は全て弁護士を通してください」

今日子はそう言って、いつものように食卓の上の食べ終えた皿を台所に持っていき、洗いはじめる。

優季は、若い頃よりも幾分かふっくらした今日子の後ろ姿を眺めながら、何もかも受け入れられず、黙って座り続けていた。

「奥さん、おとなしい人だって言ってたのに」

ラブホテルのベッドの中で、金本美佐《かねもとみさ》が、裸のままでそう口にした。十歳下の美佐との関係は一年半になる。もともとは会社の部下だったが、彼女が会社を辞めてフリーランスになり、連絡が来て関係を持ったのだ。結婚を望まない自立した美佐との関係は、セックスだけだからあっさりしたもので、月に一度ほど食事をしてホテルに行っていた。

「だから、わけわかんないんだよ、未だに。子どもたちに聞いても、『お母さんを応援したい』って、ふたりともあいつの味方するし。結局、何が悪いのかわからんままだ」

離婚を告げて、翌日に今日子は出ていった。どこにいるのか行先は教えてもらえず、代わりに弁護士から連絡が来て、離婚の条件を突きつけられた。

貯金は半分今日子の元に渡り、今住んでいるマンションも今日子のものになるという条件に目を剝《む》いた。「今までの多くの不貞、裏切り行為に対する慰謝料」と書かれていたのにも、驚いた。それは許してくれていたはずじゃないか。こんなもの吞《の》めないと思ったが、揉めるのも嫌だった。今日子に今まで不満はなかったし、嫌いになどなれない。何より、子どもたちのために両親が争うべきではない。

何度か弁護士を通じてやり取りしたが、今日子は別れたいの一本やりで、話が平行線なのだ。

「全く、わけわからない。あいつが急に狂いだしたとしか思えない」

「奥さんに他の男ができたとか」

「ありえない。あいつは俺しか男を知らない」

優季がそう言うと、美佐は意地の悪い笑みを浮かべる。

「私は奥さんの言うとおり、急な話じゃないと思うな。あなたが奥さんに甘えて、許されてると思っていたけど、実は向こうはそうじゃなかったってことでしょ。それに、自分が養ってやってるんだから自由にさせろっていう傲慢な気持ちに、奥さんは腹を立ててたのよ」

「俺はそんなふうに偉そうに言ったことはないよ」

優季は、少しムッとしながら、そう言った。

「そうかなぁ……。私は奥さんの気持ちすごくわかるけど」

浮気相手である美佐が、夫である自分よりも妻を理解しているふうなことを口にするので、優季は、苛立《いらだ》つ。第一、美佐は他人で、独身だ。夫婦の何が理解できるというのか。

「あなたは誰にでも公平で優しくて、『いい人』だけど、他人に関心がないのよね。だから人の悪口も言わないし、僻《ひが》まないし、敵も作らない」

「それのどこが悪い」

「奥さんのことにも関心がないから、奥さんは寂しい思いをしてきたんでしょ」

美佐にそう言われて、返す言葉が見つからなかった。そんなことない——と今までなら反論できたはずだが、今日子がこうも頑《かたく》なに離婚したいと譲らないのだから、自分にも何らかの非があると考えないわけにはいかない。

「私も実は話があるの。前から決めてたことが、このタイミングになってしまったんだけど」

「なんだよ」

「私、結婚する。だから会うの、これで最後」

美佐は、軽く、そう口にした。

「最後って……。結婚なんてしないってずっと言ってたじゃないか」

「しないつもりだった。だって、男に偉そうにされるのとか、自由じゃなくなるの嫌だったんだもん。でも、お互い対等に生きていけそうな人と出会った。まあ、要するに惚れたんだけど」

「いつ、そんな男と」

「最初に出会ったのは一年前、仕事で知り合って、しばらく友達で、一ケ月前からそういうことになってね」

それなのに、お前はさっき俺とセックスしたじゃないかという言葉を優季は留める。

「彼ね、背は私より低いし、お腹《なか》も出ててカッコよくはないんだけど、いつも私を笑わせてくれる楽しい人で……家事もしてくれるし、しかも料理が上手なの」

さっきまで自分と身体《からだ》を重ね、「気持ちいい」と口にしていた女が、裸のままで他の男に対してのノロケを並べる姿を見て、優季は呆然としていた。

「でね、やっぱり身体の相性って重要でしょ。彼としたとき、初めてイッたの。今まで誰とどれだけやってもイキそうにはなるけど、最後までは辿《たど》りつかなかったのに」

「ちょっと待てよ。いつも俺とやってイッてただろ」

「そんなのフリに決まってるでしょ。だって、イかないと納得してくれないじゃない。いつまでも長々とされると疲れてきちゃうから、イッたふりして終わらせて穏便に済ますの、ほとんどの女はやってることよ。え、優季さん、五十過ぎて、まさか、全ての女の『イく』は、本気だと信じてた？　あなたみたいなたくさん女とつきあってきてモテる人が、まさかよね？」

この女は俺に恨みでもあるのか……と優季は思っていたが、「俺も騙《だま》されたフリしてたよ、当たり前じゃないか」と、心にもないことを口にした。

美佐とも別れ、今日子とも調停に持ち込むのも考えたけれど、弁護士から「復縁の見込みはないですし、お子さんたちも奥さんに同意して離婚をすすめておられます。家族関係がこれ以上こじれたら、お子さんにも会えなくなりますよ。それに、奥さま、永年の旦那さまの不貞の証拠を揃《そろ》えてらっしゃいますから、裁判になると負ける可能性が強く、慰謝料も要求されます」と言われ、条件を呑むことにした。

離婚が成立し、家は今日子に渡し、優季は、都内外れのマンションを借り、そこに移り住んだ。人生設計が大幅に変わってしまったので。再就職をしようと知人の伝手《つて》などを頼るが、なかなか上手くいかない。給与がどこも驚くほど安いのだ。

「そんなもんだよ。不景気だから」と、友人たちに言い放たれた。同時期に父親が亡くなった。数年前に倒れてから、ほとんど寝たきりだったので覚悟はしていたが、葬儀が終わったあとに、父親の弁護士に呼ばれ、父の不動産や預貯金は、ほぼ姉のものになり、優季にはほとんど入ってこないという話をされ、驚いた。別に親の金を当てにしていたわけではないけれど、長男の自分にほとんど残されないのは納得いかないと、姉に抗議した。

「だって、お母さんの世話も、お父さんの介護も、全部私がしてたでしょ。だから私に恩義を感じて、土地も生前に全て私名義に変えてくれたの」

姉には、そう返された。確かに、ここ十年は、離婚して独身となり、子どもも独立して身軽になった姉が実家に入り、両親と共に暮らしていた。親も実の娘のほうが心やすいだろうし、自分の妻に介護の負担をかけたくないと、全て姉に任せていた。介護の話をされると、確かに自分は何もしなかったから反論できない。

「あんたは昔から、要領よくて、人に好かれて、仕事も何もかも順調で悩みなさそうだった。きっと自分が恵まれているから、他人の痛みや苦しみがわかんないんでしょうね。仕事しながら介護するの本当に大変だったのに、あんたも今日子さんも他人事《ひとごと》みたいだった」

「言ってくれたら……」

「お父さんもお母さんも、今日子さんの手を煩わせるのは嫌がってた。実の娘じゃないと気遣いで疲れるでしょ。どうせあんたは、仕事を言い訳に、自分は何もしないだろうし」

そう言われると、返す言葉がなかった。

「今日子さんが出ていったって聞いて、最初は驚いたわ。おとなしい、従順な人だと思ってたのに。だけど今日子さんも、人間だったってことか」

姉は何故か口元に笑みを浮かべて、そう言った。

短い間に、様々な出来事があり、優季は疲れ切っていた。妻のことも親のこともだが、仕事をしていないと、こんなに生きがいがなく、自分が社会に必要とされていないと思うのかと、鬱々《うつうつ》とした気分だった。

それでも前向きに生きようと、かつて女性によく声をかけられたバーに久々に足を運んだが、優季を気に留める女もおらず、優季の隣に座った若い女に声をかけてみたが、嫌そうな表情になり席を移動された。

「オジさん、キモい」

その様子を見ていたらしき、二人組の若い女がこそこそ笑いながらそう口にしているのも耳に入ってしまった。自分のことだと思いたくないけれど、該当者は自分しかいない。

「そうか、俺はキモいオジさんなのか……」

誰もいない家に帰り、優季は洗面所の鏡を見つめた。普段、こうしてじっくり自分の顔を見ることはないので、様々なことに気づく。

髪の毛は後退しかけ、額が広くなっている。「整った美しい顔立ち」だったはずなのだが、老いのため、皮膚が垂れ下がり皺《しわ》だらけだ。離婚してから、外食ばかりで栄養バランスが崩れているせいか、肌がくすんでいる。歯は煙草《たばこ》のヤニで黄色くなっている。今日子がいたときは、定期的に歯医者で検診とクリーニングをしていたからまさか放置しているとこんなになるんだとは気づかなかった。会社に行かないから、鼻毛も出ているのを放置していた。

見渡せば部屋も散らかっていて、昨日もゴミを出し忘れていたせいか、臭いもする。家事は全て今日子がやってくれていたので、洗濯も掃除もおざなりになっている。それを咎《とが》める人もいない。

今日子に離婚を切り出されたとき、内心、当時関係していた美佐か、たまに会ってセックスする何人かの女が、身の廻りの世話をしてくれるんじゃないかと期待していた。ところが美佐は結婚してしまい音信不通だし、他の女も「離婚したんだ」というと、なんだかよそよそしくなった。

どうしてこうなったんだろうと、優季は頭を抱える。女に不自由しない、というか、女にモテたし、俺は女に優しくて、他の男みたいにひどいことなんてしない、関係した女にはできるだけのことをしたし、セックスだって……悪くなかったつもりだ。それなのに、五十を過ぎて、全ての厄《やく》が一気に押し寄せている気がする。

せめて仕事でも見つかればと思うが、なかなか厳しい状況だ。来月には五十五歳の誕生日が来る。五十代で人生を終えたくない。俺はまだまだ生きるつもりなのに。先日、久々に娘と会って食事をしたとき、「お母さん、働きだして楽しそう。彼氏もできたみたい」と言われたのが衝撃だった。自分しか男を知らないはずの妻、今まで専業主婦でまともに働いたことのない妻がと、娘の言葉を疑った。

俺もまだ終わりたくない――家で鬱々と過ごすのは、心も身体も良くない方向に行くと、優季は旅に出ることにした。

行先は京都に決めた。大学時代の四年間を過ごした街に、何もかも失って傷ついた男ひとり、旅に出た。

秋は観光客や修学旅行生だらけで落ち着かないからと、十二月の京都を選んだ。京都の冬がそこびえで芯から冷えるのは承知だったが、今の自分の気持ちには、そんな季節こそが相応《ふさわ》しい。

京都に着き、駅前のビジネスホテルにチェックインし、特に行先も決めなかったので、地下鉄を使い、卒業した大学を道を歩きながら眺める。寒さを覚悟して厚地のコートを着てきたが、それほどでもなかった。京都駅もそんなに混雑していない。大学は、地下鉄の今出川《いまでがわ》駅が最寄《もよ》りの、ミッション系の大学だ。赤レンガの校舎で、チャペルもあり、卒業生たちはここで結婚式もできる。ぶらぶらしていると、烏丸通沿いに、かつてはなかった大学の施設が増えていた。少子化といってもまだ人気はあるのだろうか。おしゃれな校風で、優季の時代は、この大学の学生というだけで、他の大学の女子大生たちから合コンの誘いも絶えなかった。

昔住んでいた付近を歩こうと、今出川通沿いを西に行く。街並みは一見、変わっていないようであるが、それでも昔あった店は消えている。ふと路地に入り、昔住んでいたマンションを見に行くが、駐車場になっていた。

もう三十年も前だもんな――あの頃は、若くて、世の中には楽しいことしかないと信じていた。周りには苦学生もいたが、家が裕福で仕送りも十分にもらい、遊び仲間を増やす目的でバイトをして、親のコネで就職した優季は、間違いなく恵まれていた。バイトとサークルに時間を費やし、女の子たちとも遊んだ。ほとんど名前も顔も覚えていないけれど――。

今出川通を歩いていると堀川通《ほりかわ》に突き当たる。優季は今度は堀川通を北に向けて歩く。確か、景色の美しい場所があったはずだ。

紫明通《しめい》という名だった。その道と堀川通が突き当たった場所から、比叡山《ひえいざん》がよく見えた。京都の神社仏閣や歴史などには興味がなかったけれど、確か、当時つきあっていた女がその辺に住み、教えてくれたはずだ。その女の名前は思い出せないが、彼女は確か学生ではなく、アルバイト先で知り合った年上の女で、離婚歴があった。子どもがいると言われて驚いた覚えがある。もっとも他にも女はいたので、恋人というつもりはなかったし、どういう別れ方をしたかも記憶にない。

堀川通を北に歩き、紫明通に突き当たる。東を眺めると、比叡山からつらなる東山の山並みの美しさに、感嘆する。

京都は高い建物が建てられへんから、山がどこから見ても綺麗《きれい》や――あの年上の女が、そう言って、この景色を見せてくれたのだ――桜や紅葉の季節だけが、京都やないで、とも。けれど若い頃は、ピンと来なかった。年を取り、様々な経験を経て、東京で疲れ果てているからこそ、この京都の景色が沁《し》みるのかもしれない。優季は、そう思い、しばし足を止めていた。

この先はあてもなく歩いて、どこかで早めの夕食でもとろうかと、更に北に進む。そして、道沿いの石の文字に足を止める。

「紫式部《むらさきしきぶ》墓所」と書いてある石碑と、「小野篁《おののたかむら》卿墓」と刻んである碑があった。

紫式部と小野篁？　紫式部が『源氏物語』の作者であることぐらいは知っている。小野篁はうっすらと聞いたことがある程度だ。

優季は、かつて、その紫明通の景色を教えてくれた年上の女が自分を光源氏にたとえたことを思い出した。美しく育ちもいい「光る君」は、たくさんの女と恋愛を繰り返す。

「光源氏って、誰にでも優しいから好かれるけど、実はすごくエゴイストで身勝手なんやで、優季くんみたいやわ」――自分をエゴイストだなんて考えたことがなかったので、意外だったのは覚えている。

けれど腹は立たなかった。確かに自分は容貌もすぐれ、経済力もあったし、女がいつも寄ってきた。「モテない」と嘆く男たちに、申し訳なさを感じるぐらいに。

でも、果たしてそれは幸せだったのだろうかと、今、思う。

たくさんの女に好かれ、できるだけ応え、優しくしていたはずなのに、どうして俺は今、ひとりなのか――。

優季は石碑の奥に足を踏み入れた。こんもりとした墓がある。

先客がいた。女だ。

長い髪の毛を後ろにくくった女が手を合わせている。背中しか見えないが、紫色がグラデーションになっているワンピースを着ていた。

ふと女が振り向く。思ったよりも若いが三十代だろうか。面長の顔で、切れ長の目と白い肌で、化粧気が薄いせいか透明感のある雰囲気だった。

「『源氏物語』、お好きなんですか」

女が話しかけてきた。

「いえ、特には」

「いきなり失礼しました。ここ、わりと京都でも知る人ぞ知る、みたいな場所やから、お好きな方やと思ったんです。旅行ですか」

「はい、東京から。京都には学生時代の四年間だけ住んでいたんですけど」

女が自然に話しかけてくるので、優季も答える。

「私、大学で『源氏物語』の研究してるんです」

女がそう言った。

「先生なんですか」

「先生やなんて……そんな偉いもんではないんです。ただの研究者です」

女は照れたように、そう言った。

「『源氏物語』は、詳しくないけど、興味があります」

女ともっと話したい気がして、優季は、そう言った。

「それやったら、何でも聞いてください。せっかく京都に来はったんやし」

そう言って、女は名刺を差し出した。そこには優季の母校の名と、「玉木鈴音《たまきすずね》」という名前があった。美しい名前だと、優季は思った。

『源氏物語』に興味があると言った優季の言葉を真に受けたのか、鈴音はもし予定がなければ、これも紫式部の縁ですからと食事に誘ってきた。鈴音がひとり暮らししている家の近くらしい。京阪電車の清水五条《きよみずごじょう》駅から、鴨川をまたぐ五条大橋を歩き、五条大橋で出会ったという伝承のある弁慶《べんけい》と牛若丸《うしわかまる》の像を眺めて、高瀬《たかせ》川沿いを少し北に行った創作和食の店だった。

個室に通され、まず熱燗《あつかん》を注文する。なんだかんだと京都の冬の寒さに身体が冷えていた。そうすると、しばらく鬱々と過ごしてきた優季の気分も晴れ、季節の野菜を使った料理も美味《うま》く、楽しくなってきた。聖護院《しょうごいん》かぶらの肉あんかけ、九条《くじょう》ネギと鴨の小鍋、鯖寿司《さばずし》など、京都ならではの美味を堪能《たんのう》して、口も軽くなる。鈴音が見かけよりも、明るく気さくな女だったから、初対面でも話しやすかったのもあるかもしれない。

鈴音は三十八歳で独身、ひとり暮らしで、年齢よりも若く見える。京都に生まれ育ち、京都の女子大に入学し大学院まで行き、そのまま大学に残り、『源氏物語』

の研究をしながら学生に教えているのだと話してくれた。

「女子大で、教授は既婚者ばかりで、縁がなく独身なんです」

そう鈴音は自嘲《じちょう》気味に言うが、知的で品のある女で、もっと化粧をすれば華やかになるだろう。優季も自分の境遇を正直に話したのは、酔っていて素直になれたからだ。

「昔はほんとモテたんだ。もう今は妻にも逃げられ、無職の冴《さ》えない男だけどね」

「そんなことないですよ。だって、冴えない男やったら、こうして初対面で食事に誘ったりしません」

鈴音はそう言って笑った。

「私、『源氏物語』の研究してて……天野さんのお話を聞いて、光源氏みたいだなと思いました」

「そんないいもんじゃないよ——でも、それ、昔の女にも言われたことがある」

「どんな女性ですか」

鈴音は興味を持ったのか、身を乗り出して聞いてくる。

「学生時代に少し遊んだ年上の人で……名前も顔も忘れた。でも、あんまりいい意味で言われなかった気がする」

「私からしたら、たくさんの女性と恋をされてというのをたとえたつもりなんですが……」

『源氏物語』――興味はあると口にしたし、昔の女に光源氏にたとえられたものの、実はちゃんと読んだこともなく、かいつまんでしか内容は知らない。どういう終わり方をするのかも忘れてしまった。

「『源氏物語』のラストは宇治十帖ですけど、そこには光源氏は登場しません。源氏の子孫たちの話です」

「じゃあ、光源氏はどうなるの」

「紫式部は、それを書いていないんです。死んだとも、老いたとも書かない。ただ、妻である紫の上が亡くなり、源氏は嘆き悲しみます。そして本文のない『雲隠』という巻があります。おそらくその題名からしても、光源氏の死を暗示しているのでしょう」

「妻を亡くして……じゃあ、悲しい死なのかな」

「光源氏の晩年は、女三宮が父が源氏ではない男の子を産んだり、紫の上も出家を願ったり、暗いです。でも、正直、自業自得だとも思うんですよね。多くの女と関係を持って、本人は愛していたつもりだけど、女たちが本当に欲しいものを与えてはいなかった。光源氏の愛は、本人のエゴでしかないんです。彼は実の母を早くに亡くし、とにかく女に愛されたかった人だと思います。愛されたいがために、愛するふりをした、と。でも女にも、自分を愛させるために愛を振りかざす男の傲慢さぐらいは、わかります。『源氏物語』の後半は、人生のツケを払わされているんだと」

「耳が痛いな」

優季は、そう口にした。まるで自分のことを言われているようだ。けれど、自分はそのときは、ひとりひとりを懸命に愛したつもりなのだ。妻のことだって、愛して大事にしていたはずなのに。

「……愛はエゴと言い出したら、誰だってそうですけど。私だって、いつも恋愛が上手くいかない。気がつけばこんな年になってしまいました」

鈴音が自嘲気味に笑った。

「女の三十八歳って、一番いいときじゃないか。それに鈴音さん、さっき会ったばかりの俺が言うのもいやらしいかもしれないけれど、すごく魅力的なのに」

そこまで口にしたのは、やはり酒の勢いと、旅先というのがあるからだろう。

だから店を出た瞬間、鈴音に「私の部屋に来ます?」と問われ、躊躇わず彼女の唇を吸った。

店から徒歩で五分もかからない、二階建ての小さな一軒家だった。右隣は駐車場で、左はマンションだ。鈴音によると、小さい頃に両親が離婚して母親に育てられ、その母が鈴音が中学生の頃に購入してふたりで住んでいた家とのことだった。一階が居間と物置にしている小さな部屋、ダイニングキッチンと浴室、二階にある二部屋のうちの広いほうの部屋が鈴音の寝室で、セミダブルのベッドが置いてある。

居間に通され、冷蔵庫からミネラルウォーターを出されたが、優季は鈴音の手をひっぱって抱き寄せて、もう一度唇を寄せる。

今度は鈴音のほうから、舌を入れてきた。優季は唇でその舌をはさみ、柔らかさを味わう。

「上に……」鈴音にそう促されて、細い階段を鈴音のあとを登っていく。部屋の扉を開けると、青い布がかかったベッドがあり、鈴音がその布を剝いだ瞬間、優季が押し倒して、首筋に顔を埋《うず》めた。

「あぁ……」

鈴音の口から、か細い声が漏れる。名前の通り、鈴の音のようだと思った。さきほどまでは、少し低めの声で話していたのに。

「……久しぶりやから」

「どれぐらい？」

「言うのが恥ずかしいぐらい、してへん」

自分だとて、こうして女を抱くのは一年以上ぶりだ。風俗は行く気になれなかった。というか、嫌な出来事が多すぎて、その気にならなかった。性欲も枯れてしまいかけていた。一年も間が空いたのは、童貞を喪失して以来だ。妻としなくなっても、愛人がいたし、それ以外にも遊ぶ女はいたはずなのに、全員、まるで示し合わせたように一気に去ってしまった。

優季は鈴音のワンピースの背中のジッパーを下ろし、ブラジャーも外す。抑えつけられていた胸は思いのほか大きく、むずがゆい感触が股間に走る。

「いや……」そう言って、鈴音は胸を隠す。優季は自分もシャツを脱ぎ、鈴音の唇を吸いながら、胸にふれた。

柔らかな女の乳房の感触も、久しぶりだ。

大丈夫そうだ――勃《た》つ――と、優季は安心する。実のところ、ずっと心配していたのだ。一年ぶりのセックスで、せっかくの機会なのに、これで勃たなかったら、おしまいだ。男として、まだ自分は大丈夫だと思えるせっかくのチャンスなのに。

鈴音はベッドに仰向《あおむ》けになりながら、ベッドシーツと同じ青い下着を、すっと脱いだ。合わせた両脚の狭間《はざま》に繁《しげ》みが見えるが、だいぶ薄い。

「俺の、さわって」

優季はズボンを下ろして、そう言った。鈴音の左手が伸びてきて、膝立ちになった優季のパンツの上をそっと触れる。

「堅くなってる。嬉《うれ》しい」

そう言われて、安心して、パンツを下ろす。しかし見下ろすと、角度が弱く、挿入には堅さが足りない。

「緊張してるのかな。舐《な》めてくれないか」

そう言うと、鈴音は一瞬驚いた顔をしたが、すぐ顔を股間に近づけ、舌を伸ばす。

「ああ……いい」

こうして咥《くわ》えられるのもいつぶりだろうか。やはり女の口の中の暖かさと柔らかさと潤いに敵《かな》うものはない。とりわけ上手いとは思わなかったが、鈴音の口のおかげで、自分の股間が息を吹き返してきた気がした。

「美味《おい》しい？」と、優季が聞くと、口を離して鈴音がこくりと頷《うなず》く。顔を戻し再び咥え、上目使いで自分のほうを見る。しばらくそうしてしゃぶらせていたが、疲れたのか鈴音が顔を離したので、「今度はお礼に俺が舐めるから、脚を開いて」と、口にする。

「……それされるの、好きじゃないの」

鈴音がそう言ったのが、意外だった。男でフェラチオが嫌いな者がいないように、女だって舐められるのは誰でも好きなはずだろうと信じていた。

「お風呂入ってないし……」

「気にしないよ」

「私が気になるの。ね、お願いやから、それはやめて」

そうか、と優季は考える。鈴音は男性経験が少なく、上手い男に当たったことがないに違いない。それならば自分が悦《よろこ》びを教えてやればいい。

「気持ちよくしてあげるから」

「……だめ」

無理強いはできないと、優季は諦めた。どうせ、自分もその行為をそう好きじゃないのだ。女を潤すために、女が悦ぶからやっているだけだ。

それよりも、せっかく勃起しているのだから、萎えないうちに挿入しないといけない。

「可愛い……」

優季は、そう言って、横たわる鈴音に覆いかぶさり、唇を合わす。鈴音の両脚を開かせて、その間に身体を滑り込ませる。

「コンドームつけて」

鈴音がつぶやいた。

「俺、もってないよ。急だったから」

そういうと、鈴音はまるで用意していたかのように、枕元の小さな小物入れから、避妊具を取り出す。

「大丈夫。ちゃんと外に出すから」

優季はそう言ったが、本心はコンドームをつける間に萎えてしまうのが不安だったのだ。鈴音もそう無理にはすすめない様子で、避妊具を戻す。

それよりも、早く挿入しないといけない——優季は肉の棒に手を添え堅さを確かめ、鈴音の股間に触れる。

「久々だから、ゆっくり……痛いかもしれない」

「大丈夫」

最初は痛くても、すぐに慣れて気持ちよくなれるはずだと、先端を差し入れる。

鈴音が「うっ」と声を出した、動かしてぬめりを出すためにと、優季は腰を押し出すようにゆっくりと奥へ入れる。

「痛いっ」

「俺の、大きいから。でもすぐ気持ちよくなるよ」

優季は、鈴音は久しぶりで、もともと男性経験も多くないから痛がるのだろうと、そう答えた。気持ちよくないから潤っていないんだとは、考えない。本当は、自分のは標準より少し大きいぐらいなのは承知している。でもあまり大きすぎると嫌がる女もいるので、これぐらいがちょうどいい、と女たちには悦ばれてきた。

鈴音は目を閉じ眉を顰《ひそ》めているように見えるが、女の感じている顔は苦痛の表情と同じなのだと、優季は腰を動かし続ける。

「俺の、ちんぽ、いい？」

「うん……」

「ちんぽいいって、言って」

いやらしい言葉を口にするのを女は恥ずかしがるが、羞恥が快感につながるので、こうして口にさせるようにしている。

「……」

鈴音は性器の名称を口にする代わりに、目を開いた。真顔で、じっと優季を見つめている。代わりに、優季のほうが目を閉じた。どうも、乗らないし、鈴音は男性経験が少なく、不感症ではないのかと思えてきた。そうなると、どうしようもない。せっかく勃たせたのに、萎《しぼ》んでしまうのを止められない。身体も冷えてきて、急に寒さを感じる。エアコンは効かせてくれてるはずなのに。

「……ごめん」

すっかり小さくなってしまい、優季は鈴音の上になったまま、謝ってしまった。

「飲み過ぎたみたいだ」

本当はそこまで酔っていないのに、酒のせいにするしかない気がしていた。

「私のほうこそ……全然その気になれなくてごめんなさい」

鈴音が平然としてそう口にする。口調がさきほどまで身体が繋《つな》がっていたとは思えないほど冷めていて、優季は首を傾《かし》げそうになった。

「あの……なんか、ズレてて」

「何が？」

「セックスのやり方が」

鈴音の言葉に、お前が男を知らないからだと言い返そうと一瞬思ったが、その気力もなかった。

「いきなり咥えさせようとしたり、コンドーム嫌がったり、性器の名前を言わせたり……すいません、そういうの、官能小説ではありがちなんやろうけど、どうしても私、そのノリ、冷静になってしまうんです。AVや官能小説は男にとっての都合のいい妄想の表現物で、それを鵜呑《うの》みにされても困ります。現実のセックスは、官能小説やAVとは違うので、目の前の女が何を望むかをまず考えてもらわないと、気持ちはすれ違います。女はって大きな主語でひとくくりにされがちだけど、望むことは人それぞれなので……つまりはちゃんと人間扱いしないと双方が気持ちいいセックスは成立しません」

裸のまま流暢に、思いがけないことを言われて、優季は言葉が出ない。

今まで、自分はそういうやり方でやってきたのに――いや、もしかして、女たちがずっと合わせてくれてきたのだろうか。

「……外、歩きませんか」

しばらくふたりとも気まずくて黙っていたが、鈴音がそう言ったので、ベッドから出て服を身に着ける。もう、そのまま帰ってしまうつもりだった。ホテルに戻り、眠って、忘れてしまおう。女に誘われ、俺も男として捨てたものじゃないと思っていたけれど、結果的に自分の駄目さを思い知るだけだった最悪の時間だ。

せっかくの旅が、こんなことになるなんて——と、京都に来たことも後悔しはじめていた。

鈴音の家を出て、外に出る。さきほどより寒くなってきて震えるのは、気温が下がっているせいだけではない気がする。五条通のライトアップされた弁慶と牛若丸をちらと眺めて横断歩道を渡り、川沿いの暗い道を鈴音について歩く。

もしかして、ずいぶんとひどいことを言われたような気もするが、どうもこの女は憎めない。

「ここは」

「旧五条楽園《ごじょうらくえん》といって、遊郭があった場所です。今は、そういうことはやってなくて、古い家を利用してクリエーターが拠点を構えたり、飲食店ができたりと、若い人たちが集まる場所になってます。でも、昔の雰囲気はまだ残っていますね」

五条楽園は知っていた。大学生の頃、何人か行ったことのある友人がいたが、「おばちゃんばっかりだよ」と聞いて、優季は足を運ぶ気になれなかった。そもそも女には困らなかったので、風俗に行くという発想もなかったのだ。

鈴音が大きな木の前で足を止める。

「立派な木だ。何の木だろう」

「榎《えのき》です。ここは源融《みなもとのとおる》の河原院《かわらいん》跡です。光源氏のモデルとされている平安時代の貴族」

言われてみれば、石碑と説明書きがあり、そのようなことが書いてある。

「『源氏物語』には光源氏の住処《すみか》として、六条院が登場します。もっともかなり大きな邸宅だったようで、河原町通を挟んだ枳殻《きこく》邸、あちらも源融の邸宅跡ですから、この辺り一帯がそうだったんでしょう」

そうだ、この女は『源氏物語』を研究しているのだと今さらながら思い出す。しかし、もう今は光源氏の話など聞きたい気分ではなかった。妻や愛人に捨てられ、女に相手にされず、こうして旅先で出会った女とのセックスで中折れして、しかもダメ出しもされてしまった自分が、かつては光源氏のようだと言われていたことなんて、虚《むな》しい思い出でしかない。

まだ五十代で、死ぬまでは時間がある。その長い時間にうんざりする。何もかも無くして、俺はどう生きればいいのか。せめて仕事があればいいが、それもままならない。

「母の言った通りでした」

鈴音は、榎を見上げながら、そう言った。

「母?」

「離婚して、女手ひとつで私を育ててくれた母です。女としても素敵な人だったんです。前向きで、綺麗で、自由な人でした。奔放な人でもあったけど、私はそういうところが好きでしたね。絶えず恋人がいて、それ以外にもいろんな男の人と遊んでいたけど、嫌じゃなかった。そんな母に、かつて大学生の遊び相手がいたんです。光源氏みたいと、聞かされました」

優季は、紫明通の美しさを教えてくれた年上でバツイチの子持ちの、自分を光源氏にたとえた女を記憶から呼び覚まそうとする。名前も顔も忘れてしまったけれど——。

「誰も愛していないくせに、自分はいろんな女を愛せるし、愛されていると思っている子どもだって。疑わず、卑屈にもならず、自分は無条件で愛されると信じているのは、きっと育ちがいいんでしょう。『いい人』で、嫌われはしないし、女に好かれる。バカな子どもで、セックスも勘違いが多いけど、そういうところも含めて可愛いからつきあってあげてた——母は、『光源氏』について、そう言っていました」

バカな子ども——セックスも勘違いが多い——寝た女にそんなふうに思われていたのかと、優季は反論したかったが、できない。

自分に惚れた女たちは、みんなセックスを「気持ちいい」と言ってくれたし、その言葉を信じていたけれど、それは自分のほうが「気持ちいいだろ」と先に口にしていたからではないか——女はたやすく嘘《うそ》を吐《つ》き、男を騙《だま》す。男を傷つけないために。けれどそんな優しさを信じるバカな男に、いつか呆《あき》れ、うんざりして、去っていったのか。

そういえば、と優季は考える。いろんな女とつきあってきたけれど、いつも女のほうから去っていき、長続きもしなかった。そして女を追ったことは一度もなかった。執着するなんてカッコ悪いと信じていたし、いつも誰かに好かれていたから、追う必要もなかった。妻の今日子だって、子どもたちがいるからこそ、離婚をためらっていただけだ。

結局のところ、たくさんの女に惚れられて遊んだつもりだったけれど、遊ばれていたのは俺のほうだ。いや、遊んでもらっていたのだ。

「母は娘の私に、つきあった男たちの話もしてくれました。私はそのせいか、頭でっかちで、母のように奔放にはなれず、でも、それなりに高校生の頃から、恋人はいて、恋愛もしました。不倫もやってましたね、だから結婚せずにこの年まで来てしまったんです。母がシングルでも自由で楽しそうだったせいか、結婚願望もありません。そんな母も、十年前に再婚して、相手の仕事の関係でアメリカに行き、楽しそうにしてます」

やはりどうしても、その女の顔も名前も思い出すことができなかった。

それにしても、何故鈴音はあの紫式部の墓で自分と会ったのだろうと、問いかけた。

「私、母が天野さんを光源氏にたとえたから、『源氏物語』に興味を持ったんです。母は、『源氏物語』を、『マザコンでロリコン、強引に女を犯したり、浮気を正当化したり、最低男の話だ』と、言い放ってました。それも含めて、そんな物語が千年の時を経て、今でも度々、現代語訳されたり映画になったりと、人気がある。何か人をひきつけるものがあるからですよね、現代にも通じる何かが。それを知りたくて、大学の卒論で『源氏物語』について書いて、そのまま大学院に進みました」

最低男の話――自分もそうなのだろうか、マザコンでもロリコンでもないし、強引に何かをしたことはないが、妻に対して浮気を正当化していたのは、認めざるをえない。

「母はマメな人で、関係した男の人の名前や住所を全部手帳に控えてました。母がアメリカに行ってしまってから、手帳を見つけて……インターネットで検索したら、天野さんのフェイスブックを見つけました。だから写真で顔も知っていました。それで今回、京都に来られるって……」

確かに優季は、会社にいた頃に同僚のすすめで、フェイスブックに登録した。とはいっても、ほとんど見ていないし、たまに投稿するぐらいだ。けれど会社を辞めてからは時間ができて、今回も「京都に男ひとり旅」とだけ投稿した。

「だけど、あの場所で会ったのは偶然です。私、ちょくちょく紫式部の墓に行きますけど、振り向いたら、天野さんがいて、びっくりしたんです。何か引き寄せられたんだなと思い、声をかけました」

「そんな偶然……」

「母が引き寄せてくれたのかもしれません。私、今、新しい論文にかかってて、すごく苦しんでたところだから、何かヒントをくれようとしたのかも。『源氏物語』をベースに、男女の性のズレや隔たりについて書いてるんです」

そう言った鈴音は楽しそうに笑みを浮かべていた。

「どうして、俺を部屋に誘った」

「興味です。『源氏物語』を読んでいて、私はそこに直接描かれていないことで、ずっと気になることがありました。光源氏はどんなセックスをしていたのか、です。男女の関係においてセックスは重要です。けれど多くの女と寝ている男がセックスが上手いわけではなく、自分の経験、及び、友人たちからの聞き取り調査で、むしろ自信のある男ほど手を抜く傾向があります」

優季は鈴音の言葉から、周りの男たちの顔を思い浮かべた。セックス自慢する男は昔から多かったが、そういうヤツに限ってマニュアル頼りだったり、実はたいしたことがないと女のほうからばらされる。けれど自分はそういう男とは違うつもりだったし、自分をよく見せようとする男は余裕がないと内心、軽蔑していた。つまり、優季自身は、強く意識したことはなかったが、女に不自由しないがゆえに余裕があり、セックスは上手いほうだと思いこんでいた。

「モテる男が、いえ、自分をモテる、女に好かれると思っている男はナルシスト率が高いです。ナルシストって基本的にポジティブなので女の褒め言葉を鵜呑みにして、女をわかった気になります。すべての女はこうすれば喜ぶとか、思い込んでるし、語りたがる。男性誌のセックス特集って、そんなのばっかりじゃないですか。

成功体験しかない男は自分が正しいと思うことしかしない。女もいちいち嫌だとか違うって言って揉めるのはめんどくさいから、黙って離れていくだけで、男はそのまま続けます」

ずいぶんと男に容赦ないなと、優季は怒るよりも笑いそうになってしまった。厳しい意見だとは思うが、反論できない。

「話を戻しますと、光源氏って、結構ひどい男というか、幼稚です。そんな男はセックスも幼稚じゃないかって思ったんです。だけど見栄えの良さと人柄で許されてきてしまったのではないか、とも。果たして光源氏の女たちは彼に満足させられていたのか……そんなことを考えたときに浮かんだのが母が光源氏にたとえた天野さんでした」

「俺は、じゃあ、君の論文のための調査の実験台？」

優季はそう問うたが、腹も立たなかった。

「結果的にそうなってしまいましたけど、私なりに期待もしていたんですよ。母は『バカだけど、コンプレックス強くて、めんどくさいプライド持ってる理屈っぽい男よりよっぽどいい。恵まれた環境で育ったから素直で可愛げがあるし、甘え上手。何より、偉そうにしないから一緒にいて楽だった。見栄えもいいし、ペットみたいな感覚。恋人や結婚相手にするのは不向きだけど、大勢の男の中のひとり、遊び相手にはちょうどいい男』って、言ってました。だから、どういうセックスされるのかも気になって……」

ペットみたい――そこまで言われていたのか。鈴音の言葉は容赦がなさ過ぎて、腹が立ったり傷つくよりは、何故か気持ちが楽になった。

俺はそんなにも、バカだったのか、と。勘違い男と言われても、確かにそうなのかもしれない。そうでなければ、妻も美佐も俺から去っていかなかったはずだ。

「すいません。私、ずいぶんひどいこと言ってますね」

鈴音が、頭を下げてきた。

「まあ、いいよ。俺もこの年になったんだから、生き方変えないといけないんだなと思った。でも、ごめん。お母さんの名前も顔も覚えてないんだ」

「母が、『女に好かれたいけど、女に関心ないし、実は誰も愛してないから、自分のことも覚えてないだろう』って」

すべてお見通しだったのかと、優季は苦笑いするしかない。

「最後に聞いておきたいんだけど……光源氏って男、幸せだったのかな」

「幸せかどうかはわかりませんが、楽しい人生だったんじゃないかと思うんです。

たくさん恋愛して、十分満喫してるから。恋愛すると、苦しみも伴うけど、それでもしないよりは、生きていることを味わえるから、楽しいと思うんですよね。私も、また恋愛しなきゃ」

　鈴音がそう言って、夜空を見上げる。

　寒いけれど、雲のない空の三日月が美しく光を放っていた。

「まだ若いんだから、何でもできるよ」

「そうですね。ありがとうございます。お会いできて、論文のヒントが見つかった気がします。天野さんがいい人でよかった」

「その『いい人』ってのは、バカってニュアンスも含めてかな」

「そうかも……すいません」

　鈴音が謝るので、「いいよ、もう」と、優季は笑って答える。

　ここから駅までなら歩いてもそう遠くないので、駅の近くのホテルまで歩こうと、鈴音に別れを告げる。おそらく、もう二度と会うことはないだろう。

　鈴音は論文を書くために母がくれた偶然の出会いだと言っていた。けれど、こちらからしたら、神さまがそろそろ目を覚まして冷静に周りと自分を見ろと忠告するための出会いだったのかもと優季は思った。

確かに、こういうおかしな出会いがあるから、人生は楽しい。

鈴音にまだ若いと言ったが、俺だって、まだ五十代半ばじゃないか。

とりあえず、やるべきことは、『源氏物語』をちゃんと読むことと、弁護士に連絡をとって、今日子に謝る機会を作ろうと、優季は考えた。今日子の条件を受け入れ離婚したけれど、一度も頭を下げて、俺が悪かったとは言っていないのだ。何がいけなかったのかも、今日までロクに考えもしなかった。

許してくれるかどうかはわからないし、ヨリを戻すなんて期待しちゃいけないけれど――優季は、コートのポケットに手を入れ月と同じ光を放つ京都タワーのほうへ歩きはじめた。

解説

大塚ひかり
（古典エッセイスト）

花房観音は「欲望」の書き手である。

団鬼六《だんおにろく》賞大賞を受賞したデビュー作の『花祀《はなまつ》り』以来、一貫して、性欲や食欲、権力欲といった欲望を描き続けている。

欲望に由来する嫉妬《しっと》や怒りや悲しみを追い続けている。

その際、花房観音が多用しているのが「イメージ」だ。

たとえば歴史のある町は、なんでもない草木の風景まで、深みを帯びて見える。

イメージというのは、そういうことで、長く使われていることばは幾層にも重なるイメージを帯びている。

こうしたイメージの宝庫が古典文学であり、京都という町だ。

本作『紫の女《ひと》』は、中でも古典中の古典と言える『源氏物語』を、そのイメージを踏襲しながら、まったく新しい欲望の物語に生まれ変わらせている。

花房観音は、多くは三角関係にある『源氏物語』の主要人物にもう一度、息を吹き込み、現代の京都に生き返らせると、存分にセックスをさせ、食を楽しませる。

と書くと、『源氏物語』って、主人公の光源氏《ひかるげんじ》が、妻や愛人のみならず、父や兄や親友の妻ともつき合う恋愛絵巻でしょ。たった今、主要人物の多くが三角関係にあったと言ったばかりじゃない？　もともとセックス三昧の物語じゃないの？　と疑問を感じる向きもあるかもしれない。

たしかに『源氏物語』は性にあふれている。

しかし実は、そんな『源氏物語』は、ダイレクトな性描写のないことで知られる。男が女に口説《くど》き文句を並べていたかと思うと、次の瞬間には、

〝鳥も鳴きぬ〟

と朝になっている。

性愛は『源氏物語』では花鳥風月や流行歌によって間接的に表現されている。それは、物語の書かれた平安人にとってはかえってエロさが増してそそられるという効果もあったろう。けれど現代人には「何のこっちゃ」となり、「敷居が高い」という思いにつながる。

セックスには人柄が表れる。

思慮深いのか浅はかなのか、せっかちなのか気長なのか、思いやりはあるのか自己中なのか……。

『源氏物語』の読者は、翌朝、男が後朝《きぬぎぬ》の文を送るスピードや内容、女の態度や男の言動から想像するしかなく、そこが『源氏物語』の良さでもあり、物足りなさでもあった。

しかるに『紫の女』こと〝花房源氏〟では、そこいらへんが、ダイレクトに、余すところなく描かれる。

『源氏物語』では、正妻の脅しにおびえ、小家に隠れていたところを夫の親友の光源氏に見いだされ、流されるままに逢瀬《おうせ》を重ねたあげく変死する夕顔は、〝花房源氏〟ではタクシーの運転手として一人娘を育てながら、主人公と会ったその日に「性器を剝《む》き出しにして舐《な》め合っている」（「夕顔」）。

柏木《かしわぎ》に一方的に犯されるだけのように見えた女三宮《おんなさんのみや》は、昼間の日の光の入る部屋に夫の部下を招き入れて、「もう、我慢できひん……」と男のモノを求めるし（「若菜」）、光源氏の求愛を受け入れたとたん冷たくされて物《もの》の怪《け》と化した六条《ろくじょうの》御息所《みやすどころ》は、彼の「男性器を好きで好きでたまらないという様子で」愛し尽くす（「葵上」）。

極めつけは継子《ままこ》の光源氏に犯されて、不義の子を生んだ藤壺《ふじつぼ》だ。〝花房源氏〟では藤乃《ふじの》の名で登場する彼女は自分のほうから義理の息子を誘惑する。

しかも、二人をそのように仕向けたのは、藤乃の夫＝光源氏（〝花房源氏〟では平本正太《ひらもとしょうた》）の父なのだ（「藤壺」）。

と書くと、花房さん、滅茶苦茶やってる……と思うかもしれないが、このあたりは『源氏物語』でも、光源氏が「亡き父は藤壺との関係を知りながら、知らぬ顔を装っていたのではないか」と思うくだりがあり、そもそも親兄弟以外の男に貴婦人が顔を見せない当時、光源氏が藤壺の美貌を知ったのは、「この子によそよそしくしないでほしい」と、父の桐壺院が妻に言って、光源氏を近づけたのがきっかけだ。

二人は時に歌をかわし、藤壺臨終の折は、光源氏への謝意も漏らしている。実は相思相愛の面もあったわけで、貞淑に見えた藤壺は「欲望」に忠実な一面もあったのは、不義の子を即位させるため力を尽くしたところからもうかがい知れる。

そうしたことを〝花房源氏〟は思い出させてくれる。

とはいえ本作は『源氏物語』のガイドブックではない。紫《むらさき》の上《うえ》の描かれ方などは、小説ならではの面白さが光っている。

というのも『源氏物語』の主要な美女たちは、夫以外にも男を知っている向きが多い中、紫の上は例外で、光源氏の息子の夕霧《ゆうぎり》にその姿を垣間《かいま》見られ、激しく恋慕されながらも、生涯、夫一人としかセックスしていない。

ところが〝花房源氏〟では、紫の上に相当する登場人物は夫以外の男とセックスする（「紫の女《ひと》」）。

花房観音は、紫の上だって、ほかの男とセックスしたかったに違いなかろうと考えているのだ。

ここいらへん、あわせて読むと理解と楽しさがふくらむのが、花房のエッセイ『おんなの日本史修学旅行』で、そこで花房は「光源氏のセックスを斬《き》る！」と題し、源氏の女君たちに架空の座談会をさせている。これは本作の原型とも言えるもので、

「紫ちゃんはさ、生まれ変わったら、他の男ともセックスしたい？」

と聞かれた紫の上が、

「したい！」

と即答するなどしている。

さもありなん……という思いがつのる。

人もうらやむ美貌ながら、幼いころから夫一人としかつき合わず、しかも夫は複数の女を妻や愛人に持ち、「夫婦やっと水入らずに」と思った中年期、自分より高貴な若い女（女三宮）が正妻として乗り込んでくる。私の人生何だったのか……私も夫以外の男に抱かれたかった……と思ったとしても不思議はない。

花房観音は、描かれざる登場人物の「欲望」を掘り起こし、それを叶《かな》えるという作業をやってのける。

いわば思いを成仏《じょうぶつ》させているわけで、登場人物の「鎮魂」をしているのだ。

物語には、多かれ少なかれ鎮魂的な要素があるもので、非業《ひごう》の死を遂げた平家の公達《きんだち》を描く『平家物語』などは最たるものだ。フィクションにしても、作者や同時代人の果たせぬ夢や欲望を叶え、思いを成仏させてやるという役割があると私は考えている。日々、何らかの不満を抱えて生きる読者の欲望を代弁することで、その心を安らげているわけだ。

欲望の書き手たる花房観音の作品全般に漂うのは、この鎮魂の気配である。

登場人物たちはいずれも、貪欲なまでの「生への執着」を持っている。その執着は、性欲や食欲や権力欲という形で表れる。持て余すほどの欲望を抱えた彼ら彼女らは、そこから派生する嫉妬や怒りや悲しみにのたうちながらも、おのが欲望を叶えるため全力疾走する。

この欲望を叶える手段として、花房観音が登場人物に与えた資質は、「図太さ」だ。

『源氏物語』では、女三宮を犯した柏木は、その恋文を光源氏に見られたあげく、嫌味を言われることで衰弱死してしまうのだが……〝花房源氏〟の柏木は女三宮に相当する三香子《みかこ》との関係を、自ら彼女の夫に告白。問われるままに、一度の逢瀬で致すセックスの回数や、女の感度の良さまでぺらぺらしゃべり出す。死ぬどころではない。やる気満々、勝つ気満々なのである。

驚くべきはそれに対する夫、光源氏の態度だ。

光源氏に相当する春日信一《かすがしんいち》は、柏木に驚愕《きょうがく》の提案をする（「若菜」）。

詳細は本書を読んでほしい。

その発想に驚くと同時に、笑いがこみ上げてくるはずだ。

この「笑い」がまた花房観音のエロの特徴で、電車の中などで読むと、あえぎ声ならぬ笑い声が漏れて恥ずかしい。

エッチな気分台無しである。

しかしそれこそが、花房の狙いでもある。

彼女は、作家の桜木《さくらぎ》紫乃《しの》との対談で、

「男の妄想やファンタジーを崩したい」

「勃《た》ってるものを萎《な》えさせたい」

と言っていて（『寂花《じゃっか》の雫《しずく》』刊行記念対談）、果たせるかな、と思ったものだ。

そして、はたと膝を打たずにはいられなかった。

考えてみれば『源氏物語』も、「萎えさせ文学」と呼べるような物語ではないか、と。


『源氏物語』以前の物語では、浮気するのは男で、浮気されるのは決まって女のほうだった。

もちろんそれ以前にも、不特定多数の男とセックスする女（『万葉集』）や、父の分からぬ子どもを生む女神（『播磨《はりま》国風土記』）なんてのはいたものの、彼女らには特定の夫がいないため、深く傷つく男もいない。むしろ男をそそる、都合の良い女たちとも言えた。

ところが『源氏物語』は、主人公の光源氏に人妻を犯させるだけでなく、光源氏にもまた、自分の妻を犯されるという憂《う》き目《め》を味わわせている。

いわば、元祖「サレ夫《お》」文学だ。妻に浮気を「サレ」る「夫」の惨めさや怒りを描いた日本初の文学が、『源氏物語』であった。男は妻の不義の子を我が子として育てるハメになるのだから、男にとってこれほど萎える話はない。と、〝花房源氏〟を読むと気づかされる。

かくの如《ごと》く、『源氏物語』ってこんな物語だったのか、という発見があるのも、〝花房源氏〟の醍醐味《だいごみ》である。

などと書くと、なんだ、『源氏物語』も〝花房源氏〟も結局、女に都合のいい物語か、と思われるかもしれないが、そういうのとも違う。

『源氏物語』も〝花房源氏〟も、男を萎えさせて終わる話ではない。人生は、男も女も「萎え」の連続だ。これはイケる！　と思った次の瞬間、やっぱりダメだった……と、くじけている。それでも人生は続いていく……という話である。

花房観音は先述の「光源氏のセックスを斬る！」で登場人物にこうも言わせている。

「いい男なんて、幻想よ。それは男も女も同じじゃない。（中略）幻想だって自覚持ちながら、お互いその幻想に一瞬だけでも酔いながら恋愛やセックスを楽しめればいいのよ」

事はセックスにとどまるまい。

〝花房源氏〟を読むと、『源氏物語』を読んでみようと思うはずだ。

そして、人の欲望を突きつめると、一種の爽やかさに至るのだと感じるはずである。

初出誌

夕顔　特選小説　二〇一七年十二月号
若菜　特選小説　二〇一六年十月号
朧月夜　特選小説　二〇一七年八月号
藤壺　特選小説　二〇一五年十月号
葵上　特選小説　二〇一五年三月号
紫の女　特選小説　二〇一八年六月号（初出時の題は「紫の人」）
光る君　ウェブジェイ・ノベル　二〇一八年十一月

本作品はフィクションです。実在の人物や組織とは一切関係ありません。（編集部）

実業之日本社文庫　好評既刊

伊坂幸太郎
砂漠

この一冊で世界が変わる、かもしれない。一瞬で過ぎる学生時代の瑞々しさと切なさを描いた一生モノの傑作長編！　小社文庫限定の書き下ろしあとがき収録。

い121

恩田　陸
いのちのパレード

不思議な話、奇妙な話、怖い話が好きな貴方に――クレイジーで壮大なイマジネーションが跋扈する恩田マジック15編。（解説・杉江松恋）

お11

窪　美澄／瀧羽麻子／吉野万理子／加藤千恵／彩瀬まる／柚木麻子
あのころの、

あのころ特有の夢、とまどい、そして別れ……。要注目の女性作家6名が女子高校生の心模様を鮮烈に紡ぎ出す、文庫オリジナルアンソロジー。

く21

坂井希久子
秘めやかな蜜の味

地方の小都市で暮らす四十男の前に次々と現れる魅惑的な女たち。誘われるまま男は身体を重ね……。実力派新人による幻想性愛小説。（解説・篠田節子）

さ21

桜木紫乃
星々たち

昭和から平成へ移りゆく時代、北の大地をさすらう女の数奇な性と生を研ぎ澄まされた筆致で炙り出す。桜木ワールドの魅力を凝縮した傑作！（解説・松田哲夫）

さ51

平　安寿子
こんなわたしで、ごめんなさい

婚活に悩むOL、対人恐怖症の美女、男性不信の巨乳……人生にあがく女たちの悲喜交々をシニカルに描いた名手の傑作コメディ7編。（解説・中江有里）

た81

実業之日本社文庫　好評既刊

東野圭吾
疾風ロンド
生物兵器を雪山に埋めた犯人からの手がかりは、スキー場らしき場所で撮られたテディベアの写真のみ。ラスト1頁まで気が抜けない娯楽快作、文庫書き下ろし！
ひ12

東野圭吾
雪煙チェイス
殺人の容疑をかけられた青年が、アリバイを証明できる唯一の人物――謎の美人スノーボーダーを追う。どんでん返し連続の痛快ノンストップ・ミステリー！
ひ13

南　綾子
わたしの好きなおじさん
可愛いおじさん、癒し系おじさん、すてきなおじさんetc.……個性豊かなおじさんたちとの恋を、ちょっとエッチに描いた女の子のための短編集。
み41

柚木麻子
王妃の帰還
クラスのトップから陥落した〝王妃〟を元の地位に戻すため、地味女子4人が大奮闘。女子中学生の波乱の日々を描いた青春群像劇。（解説・大矢博子）
ゆ21

桜木紫乃、花房観音　ほか
果てる　性愛小説アンソロジー
溺れたい。それだけなのに――人生の「果て」に直面し、夜の底で求め合う女と男。実力派女性作家が狂おしい愛と性のかたちを濃密に描いた7つの物語。
ん41

芥川龍之介、谷崎潤一郎ほか／末國善己編
文豪エロティカル
文豪の独創的な表現が、想像力をかきたてる。川端康成、太宰治、坂口安吾など、近代文学の流れを作った十人の文豪によるエロティカル小説集。五感を刺激！
ん42

実業之日本社文庫 は24

紫《むらさき》の女《ひと》

2018年12月15日　初版第1刷発行

著　者　花房観音《はなぶさかんのん》

発行者　岩野裕一
発行所　株式会社実業之日本社
〒107-0062　東京都港区南青山5-4-30
CoSTUME NATIONAL Aoyama Complex 2F
電話［編集］03(6809)0473［販売］03(6809)0495
ホームページ　http://www.j-n.co.jp/
ＤＴＰ　ラッシュ
印刷所　大日本印刷株式会社
製本所　大日本印刷株式会社

フォーマットデザイン　鈴木正道（Suzuki Design）

ISBN978-4-408-55452-5（第二文芸）